# 你若安好，吾便心安

张冬娇◎著

U0782879

山西出版传媒集团
北岳文艺出版社
BEIYUE LITERATURE & ART PUBLISHING HOUSE

**图书在版编目（CIP）数据**

你若安好，吾便心安 / 张冬娇著 . – 太原：北岳文艺出版社，2017.4（2025.4重印）
ISBN 978-7-5378-5126-8

Ⅰ . ①你⋯ Ⅱ . ①张⋯ Ⅲ . ①散文集 – 中国 – 当代 Ⅳ . ① I267

中国版本图书馆 CIP 数据核字（2017）第 023377 号

| | | |
|---|---|---|
| 书名：你若安好，吾便心安 | 策　划：商爱欣 | 责任编辑：李向丽 |
| 著者：张冬娇 | 书籍设计：赵廷宏 | 印装监制：巩　璠 |

出版发行：山西出版传媒集团·北岳文艺出版社
地址：山西省太原市并州南路 57 号　邮编：030012
电话：0351-5628696（发行部）　0351-5628688（总编室）
0351-5628695（编辑室）　传真：0351-5628680
网址：http://www.bywy.com　E-mail：bywycbs@163.com
经销商：新华书店
印刷装订：三河市天润建兴印务有限公司

开本：660 毫米 ×960 毫米　1/16
字数：167 千字　印张：15.5
版次：2017 年 4 月第 1 版
印次：2025 年 4 月河北第 4 次印刷
书号：ISBN 978-7-5378-5126-8
定价：39.80 元

# 自序

　　儿时，一个人，常常避开小伙伴，跑到屋后篱笆墙边，看那稀稀拉拉的几片叶子，在凄风冷雨中瑟瑟发抖，便要流泪——世间风物，莫不如此，从一开始，就朝着末日走去。人，也是如此。那么，人，为什么要来到这个世上，从哪里来，又到哪里去呢？

　　长大些，跟着堂姐们去河那边的山砍柴砍铁芒萁。到了山上，堂姐们便迅速散开，四处响起了"坎坎"的伐柴声。而我，坐在树下，默默发呆，风不断从林子深处拂过来，各种杂柴铁芒萁随风抖动，再抖动。山林特有的气息，清新、空灵、静幽，吸引得我只想一直坐到那里，坐在那里，坐到永恒。相信吗？有些气质是与生俱来的，格格不入也是与生俱来的，那种执着活在自己世界里的孤独，扎在少年的心中，再过多少年，依然如故。

　　后来，我离开村里，到城里读高中，还时常旷课，躲在二楼寝室里，呆呆地望着对面街道上来来往往的行人。他们或挑着担，或提着包，匆匆忙忙的脚步，走过街道，走过人生。不明白，他们活在世上到底为了什么。那位老奶奶，干瘦，萎缩，整日坐在门边，和我一样呆呆地望着来来往往的行人。人，到了最后，什么才是我们真正需要的呢？

从某种程度上说，人，不知经历了多少劫，在婆婆世界中，都是老人了。上天派我们来到世上一趟，每个人必定都有使命的。否则，如果仅仅是物质的追求，精神得不到锤炼，来此一趟，又有什么意义呢，不过是轮回，轮回。

是何时，开始喜欢这些词：内敛、隐忍、慈悲、柔软、温厚、平和、清丽？杨绛先生在《一百岁感言》里说："一个人经过不同程度的锻炼，就获得不同程度的修养、不同程度的效益。好比香料，捣得愈碎，磨得愈细，香得愈浓烈。我们曾如此渴望命运的波澜，到最后才发现：人生最曼妙的风景，竟是内心的淡定与从容……我们曾如此期盼外界的认可，到最后才知道：世界是自己的，与他人毫无关系。"

先生的至理名言，如拨云见日，点亮了我的心灯，也更坚定了我的想法。眼因多流泪水而愈益清明，心因饱经忧患而愈益温厚，蚌病成珠。人生，就是一场修行，是一个淬炼心智、净化心灵的过程。

先生说："我今年一百岁，已经走到了人生的边缘……我得洗净这一百年沾染的污秽回家。"正走在路上的我们，如能时常念及如先生这样灵透心性的人，一定会少些污垢的沾染，少走弯路。而且，不一定非得走到人生边上才彻悟。

当初，我以"夏日荷"为笔名。其实，我并不懂得荷的内涵，只因喜极《梦若心莲》这首诗：

这个季节，因你的悄然而来，梦便如莲，在心湖上徐徐展开。

轻轻的，你的影子像风，久久地，久久地在湖面上徘徊；

静静的，你的名字似月，悄悄地，悄悄地沁入心怀。

绚丽的季节，语言似乎没有了色彩，沉默的过程啊，心跳并不是一段空白。

谁说日子久了，感觉就像冬日的枯树，渐渐地只剩下，一种简单的姿势；

缘何，这一季里的荷香，熏染了梦里的期待，又萦绕于梦外的情怀？


抄给身边的同事和朋友，从此，被人称为"夏日的荷香"。也因此，成了我的笔名。多年后的今天，我想到了这个名字的艳丽、张扬，心生惶恐，惊讶于当初的大胆。有位哲人说，一个人的笔名，不会乱来的，也是注定的。也许，在我阿赖耶识深处，原本就在向往着那神圣纤尘不染的境界？原来，那朵清净之莲，一直开在心间，开在我生命里，只是我愚钝的心，后知后觉，并没意识到，是这样的吗？

凡事皆有定数，落字也是因缘。2012年，我又拿起笔，以日记的形式，陆陆续续地写了些文字，只为灵魂的沉淀，为心的淡定平和。

且行，且拂尘。

而这些文字，丝毫不敢有卖弄、堆砌、张扬之嫌，只求朴实、平淡、素面朝天、本色地记录世间情怀。如此，才对得起文字，对得起读者，对得起生命和这一世的尘缘。也如此，才敢拿出来，献给你们——这个世上美好的人，唯愿你们幸福安好。

| 目录 |

# 第一辑
## 你若安好，吾便心安

年岁越长，越删繁就简
只想做一个简单的人
在贴近真实自我的形态里，拂下心尘
内心有深层次的愉悦和对尘世的感恩
唯愿世间一切皆好
连那陌生人，也祝福你

# 你若安好，吾便心安

四月天，孩儿脸。刚才还明媚着，这会儿就阴了，随即，全世界都包裹在"哗啦啦"的雨声中。

每次雨来，便会放下手中事，对窗，凝望。针点似的雨，洗刷着房屋、树木、世间的一切。近窗的樟树，已退掉最后一片黄叶，吐了一身的新。松树依旧挂着颗颗松果，高挑又美丽。远处的花池边，桃树开过一树的灿烂，热闹喜庆了几天，渐次谢了。旁边，一片黄色野花盛开了，一些浅紫淡黄或白色的小花，隐在绿色间。

所有的树和花，各自遵循着自身的习性，此寂彼开，不争不攀，随性，自然。让人想起仓央嘉措的诗句：你见，或者不见我，我就在那里，不悲不喜。

在雨中，抛却人事上的牵挂，什么也不做，也不想，与这窗树和花相望，感觉自己也是其中一员，时间、空间都不在了，内心里有澄净、安宁、自在的喜悦。

远方的朋友发来信息：你若安好，便是晴天。

我回道：也是雨天。

对方又发来：你不明白我的心意吗？

我回道：明白。晴天是好，雨天也是好。晴天给人喜悦，雨天给人安宁。

那一日，同事一脸不悦，有人在背后说她坏话。我说，不必在意。其一，说你坏话的人，一定是嫉妒你的人，说明你有足够的优秀，你应该感到欣慰才是；其二，说你坏话的人，是把别人的优秀来惩罚自己，可怜，也是对自己福报的减损；其三，被说坏的你，拉近了与人们的距离，人们愿意亲近你，无形之间，增了你的福缘。所以，不必在意。倒是那个说你坏话的人，她自己的心结，要由她自己打开。有些劫，走过后才会明白。

心有灵犀，同事立即释怀。能在一起同事，是缘分；能在一个宽松愉悦的环境中工作，互帮互助，是福分。她心境平和，我增一分欣慰，终究也是为了自己，求得心安，心安便好。

每次下班回家，他不见我，或我不见他，就会打电话给对方，只为，你若安好，吾便心安。常常记得一些文友，去他们博客转转，不说什么，一份祝愿在心底。

有闲时，就会想起这位文友，口才、文采俱佳。每次聚会，都是中心，只是婚姻不幸。她静下来，把所有的心思投入到绘画上。聪慧之人，悟性都高，她的画技突飞猛进，她的画也成了本地上乘之作。有几次，想约她，终是忍了。她是一个内心足够强大的人，一个人能走过。我的念想和牵挂在我心里，也是我们之间的善缘。

周末，四个子女，相约回到乡下，陪陪近七十岁的父亲。母亲离开我们已十五年了，那一年，弟妹都在大学中学读书，还有为母亲治病欠下的债务。父亲坚持着要让我们全部完成学业。几年过去了，我们毕业后都有了工作。但那几年，我们无法想象，他的勤劳、节俭、孤独、坚韧……这些都隐在白发、皱纹、微驼的背里。

退休后的父亲，生活极有规律，早睡，早起，午休，种菜，洗衣，做饭，看电视剧，不抽烟，不打牌。多次劝过父亲，有合适的再找一个。他说，一个人进进出出惯了，每天做着同样的事，生活很有规律，再加上没有世事的烦扰，跟淳朴的农民打交道，内心宁静而满足。

前些日子体检，有高血压。他戒了酒，早餐改吃馒头，每天量量血压。想起这些，我眼睛湿了。年少时，父亲牵挂我们；我们长大了，父亲还是牵挂我们。他的自律、严谨，是为了不让我们牵挂，无非是让我们心安。

尘缘里，有个好父亲，是福气。受父亲的影响，我们兄弟姐妹四个，向善、勤勉、本分地过好每一天，彼此心安。

年岁越长，越删繁就简，只想做一个简单的人。喜欢待在家里，行走在音乐中，文字里，品茶，做饭，看电视剧，发呆。在贴近真实自我的形态里，拂下心尘，有深层次的愉悦和对尘世的感恩。

时常坐在窗前，看花开花落，云卷云舒，这些生命的常态，凸显世间的种种美好。有时，也会看到一家三口坐在自行车上，儿子在前，妻子在后，大声笑着，简单幸福；两位白发苍苍的老人，相扶相携，且行，且住，且悠然……心底间，总会涌起"面朝大海、春暖花开"的诗意，唯愿世间一切皆好，连那陌生人也祝福你。

# 风烟俱净

清晨，去上班，迎着阳光，或雨露，看车流人流涌向前方，眼中有物，心不着相。

遵循着世间法去工作，去待人接物，认真不较真，用心不上心，自然，平和。事前事后，心中无事。

窗外，阳光疏淡，秋色正浓。微风拂过，一两片残叶落下，又一两片残叶落下；一根残枝，以不变的姿势斜倚着树枝；有白色的蝴蝶在树间飞过。大自然的一切，都遵循着自身规律，风来雨去，风去雨来，一切随缘随意，彼此相安。

傍晚，和好友散步。相同的信仰和爱好，谈到契合处，心灵相应，会心一笑。有时，什么也不说，内心也是喜悦与妥帖。满院子的桂花香，沁入心脾，逗引得行人在几棵桂花树下驻足、称叹。而树，不管有多少目光青睐，一样芬芳，为谁，也不为谁。

去看一位好友。这两年，她迷上了工笔画，在单位的宿舍里，两间房，经她一改造，画室带厨房卫生间，客厅连展览厅。我戏谑她："你这也是陋室了。"

她并不在意："的确是这样，来到这里的人，都是美术和书法爱好者，也可谓'往来无白丁'呢！"

"是的，生命中，有艺术佐着日子，心性单纯，也是上天对我们的恩宠呢。"

"人到了画室，就抛弃了人事上的干扰，对着一幅画，一门心思想着，还有哪里不完美，哪里需要修改。往往一幅画还没完成，下一幅画就在构思，头脑里就有了下一幅画的轮廓，就这样，我一幅接着一幅画下去，头脑里再也没别的。"

画画的过程也是一种修行。画越画越精进，心愈修愈清净。如同一个人，终身只爱一个人，也被一个人爱着，简单，单纯，也是生命的福报。

两个女子，在这样一个飘着墨香的陋室里，喝茶聊天，惬意，安宁，只觉岁月静好，尘世安稳。

下班后，经过这个菜市场，喜欢长时间地待在小菜区。那里，面庞黝黑、衣着朴实的农民，纯朴洁净，有的，头上还围着八十年代常见的梳，让人回到儿时的光阴，不用设防，不必设防。

许多个晌午，阳光很好地从敞开着的窗户照进来，在厨房里投下一片静谧。我蹲在房里，择菜、洗菜、切菜，然后做饭炒菜。这样做时，心情舒爽，心意平和。

有闲时，愿意待在书房里，反反复复听经，听禅意音乐。不在乎能得到多少启示，重要的是，这个过程，能让身心清净安宁。这样的光阴，是最值得的。

周末，在乡下，背一矮凳，坐在檐前风口里，长久地看风吹过树木，吹过花草，吹过手背上的茸毛。狗尾草永远弯下它柔软的头，红兜草还是那样红得有内涵，薄荷以树的姿态高高擎出身子。许许多多不知名儿的草，以不变的姿势伸展着，伸展着，带着梦幻似的记忆。菜园里，一位古铜色肌肤的老伯，把割来的茅草铺在刚浇过水的辣椒树底下。他面容平和，动作娴熟轻柔，就像对着自己的子女。

　　长久地看着这些，内心愈来愈安宁，时空凝固，没有远古，也没有未来。

　　晚上，一个人静静地待在房里，听此起彼伏的蛙鸣声，感受乡村的静、寂、美。有时候，什么也不想，专注于一呼一吸间，听时间一点一滴流过，尘世亦远，亦近。

# 相伴，安好

今年的春天，姗姗来迟，不比往年。立春后，太阳偶尔露了明媚的脸，照得天地湿亮亮的，然后又是十几天的阴雨天气。

很多人一边赞美春天，一边数落春天的不是。我笑了，春来与不来，静静等吧，世间万物，皆有因缘。早来，迟来，被冬天纠缠，都是一种美。人生短短几十年，寒冬腊月，春寒料峭，是生命里的，一年只一次。

三月三，脱了长衫穿短衫；三月三，挖了地菜煮鸡蛋。这一天，太阳终是来了，气温直线到二十度左右，雨后的世界是万丈光芒。别样的春天，十年不遇，终是不辜负这长时间的等待。

晚上，夫君从朋友那里回来，端来一盆花，站在书房门口，红花绿叶衬着他的笑脸，这个镜头印在头脑里很久。夫君说，这是红掌，他朋友特地送给我的。四朵佛焰苞片，猩红亮丽，成双成对，伸向空中；掌形翠叶，垂向四方，蜡纸光泽，肥美欲滴。整个盆景富丽又别致，透着那热烈、热心、热情。

我惊喜，在这个特别的春天里，我拥有了生平第一盆花。

于千万盆花中，只这一盆；于千万人中，只与我。从此，与我静坐，静对，静想。就像眼前这个人，他看电视，我读书，不说话，只静静感觉对方，心便踏实，便安宁。

我把写过的文字打印给他，说里面写了你呢。夫君接过，一目十行，终于定格在那两段，脸上渐渐有了笑意。我说道，笑了；他忍不住，"扑哧"一声，嘴巴咧到了耳朵根。

又是长长的阴雨天气，院子里一棵树突然开满了白花，纯洁晶莹，惊喜几下，就不见了。又一棵树，开几朵红花，在肥叶里。只这一惊一乍，也是不动声色，隐蔽得就像一场暗恋，明明动心了，明明喜欢得不行了，可是脸上是冷冷的安静的凛冽。然而，春还是轰轰烈烈地来了。

这个春天里，在《散文》《散文百家》读过几篇她的散文，是我喜欢的那种，温暖，阳光，美好，给人鼓舞与向上的力量。于是，去搜索，去寻找，没有博客，终是找来几篇粉丝传上来的文字，养心，润心，暖心，一篇篇通读下来，句句精美，刻在头脑里，再不能遗忘。

人与人之间是有气场的，读过这么多女性作家的文字，喜欢的屈指可数，对上号了，就进入了。一个个静谧的夜晚，一个个鸟语花香的白天，把时间绵绵密密地游走在字里行间，无尽的心灵愉悦，忘我的沉醉。人间是如此的美好，有了对上苍的感恩，对人世间的留恋和爱。

之前，还喜欢几个，一个个名字就是一朵朵花，美丽的代名词。文字的美，意境的美，不染纤尘的纯，昂首向上的阳光，走过沧桑的温暖，美丽着你，美丽着他，也美丽着我。

在网上，搜索她们的书。夜深人静时，是一天当中最奢华之时，慢慢品，慢慢读，静静想，静静思，带一个愉悦的心灵，走向睡眠，走向甜蜜的梦境。

和好友一样，喜欢孤独，不愿与他人交往，其实是我们的自私，不愿把时间浪费在不喜欢的应酬和无价值的喧嚣上。人生短暂，只想做一个简单的人，阅读自己喜欢的文，写自己喜欢写的字，做自己喜欢的事，结交自己愿意结交的人。

我写这些文字的时候，正是春天的一个上午，一转头，窗外的啾啾鸟语入了耳，点点翠绿入了目。阳光映着一窗的绿，照亮了我的办公室，清新的空气不断向我吹拂过来，人世间有这么多的美好陪伴。我常常想，前生一定有过修行，这一切来之不易，由不得我不倍加珍惜。

## 二

清明节前后，突然二十九度的温度，像夏天。远方的朋友说，天堂里有亲人在等候，走后有最爱的人扫坟，想想都觉得温暖，死也不再可怕了。我说，生是回家，死也是回家，生死轮回，来来去去，去去来来。世间情分，都在续前缘。

早晨，我在乡下的鸟鸣声中醒来。母亲的坟，和祖辈一起，就在村头自留地里，抬头可见。坟墓旁，油菜花开得正艳，蚕豆苗开了蝴蝶般的紫花。在土里劳作的父亲，偶尔直起身体，稍作休憩，望望母亲的坟。坟在那里，一直在那里，默默地和他对望，已经十五年。十五年里，父亲一直经营着这片土地，地里的油菜花年年相似，他已从壮年到了白发苍苍的老年。生与死，阻隔不了情，一样相守相望到老。

晌午，我们姐妹几个围在屋前坪里，剥菜皮，切成片，晾在晒篮里晒干。很大的风，把菜头的清香吹得满村里满地里都是。几个人一边做事一边聊天，咯咯地笑，阳光照耀着她们的笑脸。三十年前，也是这个地方，也是这样的阳光和风，母亲也是这样年轻健壮，一边做事，一边聊天，也是咯咯地笑。三十年，光阴似在原地转，人生就是经历，经历生命的不竭。在这经历中，感受世间一切情分和因缘。

远处的苎麻，一望无际的褐绿，有人在佝偻着腰身锄草。我的大伯父，也驼着腰在旁边的油菜里忙碌，绿叶红花中，他的白发显得格外耀眼。他的旁边，我看得见双双的白色蝴蝶，在青草中悠然地飞来飞去。大伯母驼着永远也直不起来的腰身，站在屋前，喊他回家吃饭。他们一起走过了八十多个年头，一辈子就与这片土地一起。日子平淡，白头到老，也是一种静好。

感谢父母，生了我们姐妹四个，供我们读书，明白事理。晚上，一家人，喝酒聊天，正好一桌。想起世间有亲生的姐妹，心底里有暖意，有依托。

一晚的梦，醒来，都不记得，是好睡。

# 眼因流泪而清明

常常被一些事物感动得流泪。

譬如刚立春，在满目萧条的大自然里，有那么一抹新绿绽放在颓墙败垣间，在整个以萧索为背景的画面上，它绿得那样新、那样嫩。耀眼的绿中昭示着生机盎然的春天即将到来，也隐含了诸多过往的情愫。于是，无数个似曾相识的画面相叠于眼前，就这样，不经意间眼泪就成了它的俘虏。

譬如初夏的夜晚，推开窗户的一刹那，一阵嘹亮的蛙鸣从无垠的田野中铺天盖地地迎面袭来，携着醉人泥土气息的晚风呼啸而来，翻飞着浓密的树叶，拂动着额前刘海，一直深入脑海。

这熟悉的一切仿佛在什么时候有过，童年时候、少年时候、现在。于是，那些遥远的记忆，那些走过的人生痕迹，一股脑儿地从心头滑过。就这样，在毫不设防的情况下，泪水喷涌而出。

……

常常就这样不可抗拒地被这些事物感动着、润泽着。仔细观察我们身边那些平常得让我们漠视的事物，你就会发现它们都持久地拥有着令人感动的特质：它们也许是一棵树，一棵无论任何时候都舒展姿态、呈现绿意、奉送清凉的大树；也许是一茎草，一茎很普通的在风中依然摇曳多姿的小草；也许是一朵不打眼的小花，仍然很细致地绽放它生命的色彩。在我们眼中，它们隐喻了某种生命幻想，负载了诸多人生沧桑，于是在没有任何思想准备的情况下，我们一次次地陷入而不可自拔。

一直以来，我不能解释，已是而立之年、生活阅历越来越丰富的自己，为什么越来越容易被感动容易流泪呢？直到有一天看到一句名言"眼因多流泪水而愈益清明，心因饱经忧患而愈益温厚"之时，似乎明白点什么。

眼泪是一种心灵的润滑剂，一种精神的慰藉。每一次的流泪都能洗涤我灵魂深处的污垢，每一次的感动都能斩断我深深的劣根。日复一日，年复一年，我的内心变得丰富而润泽，我的灵魂变得洁净而温厚。正因如此，大千世界在我的眼中才充满了人情味。

因此，常常流泪的人一定强烈地爱着世上一切美好的事物，一定拥有一颗日渐温厚之心。

"沧海月明珠有泪"，鲛人泣泪成珠，珍珠在月明之夜发出皎洁的光芒。此时，珍珠仿佛就是月亮之泪，月亮仿佛就是一颗珍珠。于是，明月落于沧海之中，明珠含于泪波之中。泪珠、珍珠与明月之间有着多么内在的关联。

这样凄迷的意境，这样感人的朦胧。上天在造李商隐之时，一定也落泪了。

曾经在杂志上看到一篇《上帝住在一个老妇人的篮子里》

的文章，主人公是一位活到九十岁的老太太，在经历了丧夫之痛后，还要忍受没有孩子相伴的孤独。但她每天祈祷以求内心的平和。学会了编织后，在六个月内，她不停地为每个人织袜子。圣诞节期间她卖掉了价值超过一千美元的袜子、毛线衫和毯子。她甚至作为志愿者到附近小学去教编织课，成了这一带最有名气的人。

临死前，她的心境很平和，不断念叨的一句话就是"上帝在我编织的篮子里"，死时非常快乐。

这位感人的老太太，其实也是上帝的一滴眼泪、一颗珍珠。

回顾我们周围一切美好的事物、美好的人，上帝在造他们时一定都曾洒过泪水，因而都有着感人的特质。当我们一次次感动一次次流泪时，我们也会一次次地唤回良知和天性。我们常常会对这个世界怀有一颗感恩之心，这颗心是最最纯洁最最真挚的了。

而这样的感恩的心，我想一直保持到老，我不能让我的感恩的泪腺被世风所风干，变成一个不会流泪的女人。

# 春有百花秋有月

川端康成说："一朵花很美，那么我有时会不由自主地自语道，要活下去！ "

——题记

凌晨四点，早早入睡的川端康成在花香中醒来。朦胧中，他发现插在花瓶里的海棠花还没有睡，正怒放着。他大吃一惊，这一分钟，正是因为他醒来，才巧合地看到美丽而盛放的花。而它不论你看到没有看到，都在那里吐露着幽雅的芬芳，伸展着娇嫩的花瓣。

那一刻，他凝视着海棠花，更觉得它美极了。于是他感叹道：

自然的美是无限的，而人感受美的能力是有限的。美是邂逅所得，美是亲近所得。

可不是吗，不仅仅是未眠海棠花之美，这个世上有许多许多的美我们是感受不到的。开在深谷里的幽兰，无人欣赏，默默地绽放，默默地飘香，默默地凋零；长在深山里的小草，无人关注，无言地点点呈现生命之绿……路边燃烧的木棉，天边染红的晚霞，耳边飘荡的音乐，又有多少人欣赏到了？就像今天晚上，你在灯下思念着这个人，外面呼啸的冷风夹杂着雨点敲着窗户，啪——啪——一下又一下，一声又一声，犹如敲在你的心坎里。你想着想着，心痛着，伤心欲绝，忍不住地呜咽不止。而这一切，他是无从知晓的。这段感情注定是要被辜负、被错过的。

　　而那有限的美，也只有在合适的时机，才会宿命般与我们邂逅。

　　这个冬天，天空中没有飘过一丝雪花，许多人在盼望与失望中怅然若失。然而有许多的美还是在某个时间里突然地出现，并迅速地占据着你的心扉。那些日子，每天中午放学后，绕过花池，进入球类中心，眼前的景象就会深深地感动你。阳光是如此的善解人意，从洁净澄碧的空中轻柔地洒下来，温暖包裹着篮球场、乒乓球场上欢快的同学们，整个球类中心沉浸在暖融融的冬日旦，呈现出一种纯粹的安静祥和的氛围。于是，你禁不住坐在石凳上，细细品味这种细微而不可言喻的感动。

　　那些日子，每天去菜市场，都会看到这个皮肤黝黑的老汉，守着满满一担菊花菜。这种菜，叶面颜色绿青，叶片皱得厉害，拿在手里，摊开着像朵菊花。好鲜好嫩的菊花菜！一元钱就可以买下几大兜。这个雨水少的冬天是很难看到这么鲜嫩美丽的菊花菜的，也很难想象这样的美丽会出自眼前这位皮肤黝黑的老汉之手。旁边的一位大婶说，他很勤劳，每天挑水，从不间断。你买他的菜，多兜少兜也不和人计较。老汉听了，淳朴地微微笑了，眼角绽开着的皱纹也像菊花般，在旁人心中温暖地荡漾。

这个世上，美丽的事物美好的人，总能让我们的心灵沉浸在一种美丽安详之中，人世间一切污浊与杂物都会在这里被洗涤殆尽。

　　一定是未眠的海棠花的美让川端康成身心莫名愉悦，一定是盛放的花儿让大师觉得生命之璀璨。他由衷地感叹道："一朵花很美；那么我有时就会不由自主地自语道：要活下去！"虽然，大师最终还是走了一条不归路。

# 用感恩的心对待每一位病人

这些日子，在医院旦陪护病人。

医院里有三种人：病人、医护人员、病人的家属朋友。

在这里，人们回归到本真，没有名利之争，没有富贵低贱之分，人们关心的只是身体的健康。每个人的眼神都是友好、柔和和干净。

就像一条界线，医院外，车流不息，熙熙攘攘，人们欲望交织，焦灼不安；医院内，是另一种气场，清静，清淡，清明，平和。难怪有人说，生点小病，住住院，也是享清福呢。

与我们打交道最多的是几位护士，都是二十多岁，洁白衣帽，衬得肤白皮嫩，成为医院里的一道风景。每个病床都安有呼叫器，病区不时传来"××床呼叫，××床呼叫——"这几位护士，就往来穿梭于十几个病室，为病人打针，换药，解疑答难。她们穿着平底鞋，步履匆匆，没有任何声响，如同一阵风来，再如一阵风去。她们动作娴熟，声音轻柔，轻得不会影响半夜里轻睡着的人们。旁人和我一样，都感受到了她们的勤快，任劳任怨。护士走后，大家忍不住交口称赞。

我不知道别的医院的护士是不是这样，对于长年不进医院的我来说，第一次对"白衣天使"这个词有了深刻的领悟，这个词用在她们身上真是再恰当不过了。

在病区走廊的阳台上，张贴着每位医生护士的照片，每个人的介绍后都有一句座右铭，其中写得最多的是"用感恩的心对待每一位病人"。我被这句话吸引住了。

用感恩的心对待每一位病人。不管是病人，还是没生病的人，我们都是生活在地球上的人，从某种层次上说，我们都是不健康的人。我们同情病人，其实是在同情我们自己，同情我们生在这苦痛的人间，同情一切正在受苦受难的众人。倘若我们的帮助能让病人减少一丝病痛，生一丝感谢之情，这种帮助就有了动人的质地。病人的喜悦就是我们的喜悦，当病人由衷地说声"谢谢"之时，我们内心的喜悦与感动是成倍的。

赠人玫瑰，手有余香。

感谢对方，让我们认识到这个世界是不完美的，我们也是不完美的人；感恩对方，在我们帮助的同时，让我们的手芳香永存，我们的心越来越慈悲、柔软、清和。

因此，用感恩的心对待每一位病人，在与病人打交道的过程中，不仅仅是职业习惯性的声音轻柔，动作轻快娴熟了，而是带着心，带着情，带着感动，带着感激。有时，面对再难服侍的病人，也会以超常的忍耐折服他们。

如果我们每个人，不管在哪个部门工作，都能像这些医护人员一样，用感恩的心对待工作，对待生活，对待帮助我们的人，也对待需要我们帮助的人，这个世界一定会多一些清静、清明、温暖、平和，我们的心就会越来慈悲柔软。

用感恩的心对待每一位病人，这句话，值得我们每个人反思和学习。

# 人间五月天

　　岁月的轮回，体现在物候里，一点一滴，一分一秒，娴熟，安静，不动声色。

　　每次出门，遇见这一丛树，都要驻足，叹服。几棵高大的桑树，宽大的叶面，渐次绿了，由浅到深，现在，到了五月，绿得这样纯粹，仿佛把世上所有的绿都贮入了，海洋似的深不可测。

　　人间五月，就像用一只画笔，蘸满了各种深浅不一的绿色颜料，那么涂染几下，整个世界忽地就变成了一个水汪汪的绿水晶。天空是蓝绿的，大地的每寸表皮都覆盖了深深浅浅的绿。

　　时常记得，几年前的一天，行走在河边的小路上。地面上，各种杂草丛生，无数不知名的花儿点缀其间；路两旁，一些苎麻、缠绕的荆棘丛，组成了一人多高的绿色篱笆墙；再往旁边，无数参天大树，枝丫间托起块块翠绿，在空中相互交错，遮天蔽日。这样，从地面到空中，只有绿、纯、翠、静，仿佛空中绿色的水晶宫。于是，我着了魔似的，走过来，再走过去。记得那一天，我也穿了一件绿色的牛仔服，感觉自己也成了其中一部分了。

五月的世界，就是这样，立体的绿，诗意的蓝，蓝得晶莹而天然，那么高雅而心无芥蒂。

那一日，阳光很好，和同事一起走过机关院子里，看到满院的花和树，有着四月的繁华和浪漫，更有五月的纯粹与沉静，凉风拂过，一院子都是清香。

我由衷地说道："好美的景致，有时想，就为了这大自然的美与好，真想活它五百年。"

同事立即回道："是啊，人间真是天堂，这个时候，最适宜拿本书，躺在树荫里、草丛间。"

我们会心一笑。眼前，立即浮现了读书的一幕幕情景。鸟鸣，凉风，草丛间的清香，树根下陈年落叶的气息，在入目入心的文字里，时光悄悄流逝，让人想起席慕蓉的"梦里花落知多少"。

刚大学毕业的小宋，突然指着左前方，"看，那里有朵月季花"。顺着他的手势，一朵月季花，高高地盛开在一丛绿叶上，一枝独秀，格外引人注目。我们笑了，为他依然保留孩儿般的纯真。

我说，小宋，你是人间五月天，大家又笑了。

五月的阳光，映在窗内，有点灼人。拉上淡黄色的内帘，窗外，阳光和绿树有了朦胧美；窗内，干净清爽的办公室愈显清幽。坐在对面的同事，和我一样，简单，阳光，两人一起办公，彼此觉得随性，自然，心安。身旁一棵幸福树，枝叶舒展，绿意鲜嫩，隔一会儿，我就与它对视，凝望，交流，在这样环境中工作，惬意，自在。有时，另一位同事也会过来，三个女人，品头论足，美食，服装，彼此间的默契、和睦，在五月的微凉里，尽显小女子的美与好。

在《你若安好，吾便心安》一文中，我写过"有闲时，就会想起这位文友，口才、文采俱佳。每次聚会，都是中心，只是婚姻不幸。她静下来，把所有的心思投入到绘画上。聪慧之人，悟性都高，她的画技突飞猛进，她的画也成了本地上乘之作。有几次，想约她，终是忍了。她是一个内心足够强大的人，一个人能走过。我的念想和牵挂在我心里，也是我们之间的善缘"。

文友读了，发来留言："荷儿，你的文字还是和以前一样的美，但意境高了许多，心境比原来要宽广了。以前看你的文章只是置身于事外，现在看你的文章感同身受，能打动人的才是最好的。你的文字开始走入人内心深处的一些大同之处，人是有共性的，你的这个切入点是最好的。""最后再说一句，细看了你的每一个字符，俩字，感动；再俩字，谢谢；还俩字，坚持。"

喜欢这样的友谊，彼此坦诚相对，无话不谈，又能心灵默契；无论是人前还是人后，说的是一样的话，真诚地关心对方，希望对方一切皆好。她的留言也感动了我。

五月的雨，还是这样，由着性子。傍晚时分，天阴得厉害，突然狂风暴雨，很大的雷声。只好把散步推迟，待在房里，读气场相通的文字，愉悦，安宁，有如血液的流动，是属于生命的一部分。

雨后，带着清醒的头脑，再去散步，地面溢出一股清淡、清凉的气息。走在校园里的花池边、大树旁，感觉到雨后植物的一呼一吸和枝节间的舒畅。无论是阳光、风雨，植物总是坦然静对，沉默他们在季节的轮回中，体会大自然的清欢、生命的真迹，植物的境界总是比人的高而远。

比起植物来，人正是多了俗世的贪嗔痴慢，迷失了自己的清净空真，在岁月的轮回里执着、痛苦，痛苦、执着。人要向植物学习，只有放下，淡然坦然，让本身的纯真、智慧、灵光闪现，如此，才能澄清生命，感恩生活。

# 只想记得这些好

周末，回到乡下，正是小雪时节。

门前满池塘的水，不像往年枯瘦。田里土沟里，都是旺旺的水。树枝、荆棘丛，随意耷拉着沧桑；成片的草儿连着枯黄。生命褪去繁华，还原本真、自然。冬天，是最真实的袒露，尤其是在乡下。

记得去年，立冬后，那种小阳春的天气，连续几十天，直到十二月，冬才姗姗而来，讲足了客套。今年仿佛就在一夜间，大风，高幅度降温，人们从两件衣服直接穿上棉袄，然后，持久低温，有点霸道了。

但不管过程怎样，只要是冬天，一样，让人心静，安宁。

也许，年岁越长，越发适应冬天了。那种冷然，凛冽的氛围，让人安静，回归，很符合心境。

漫长的夜晚，喜欢一个人待在火炉边，什么也不想，或者，任思绪随意地飞。夜有多深，思维就有多深。

有点像春天，雨说来就来。深夜，潇潇雨声入梦，凄清，辽远，但并不凄凉，或者，凄凉，原本也是尘世光景，都是一种美。

村后的那排老屋，时有"轰啦啦"之声，村里人说，是连日来的阴雨，老屋慢慢颓废倒塌了。立在村前，看那些熟悉的大门、窗、老堂屋，想起孩提时的足迹、快乐，住过的人，奶奶、堂伯母，念着她们的好，眼睛湿了。人在世上走一遭，最终能记得的，不是荣华富贵，而是这些情分，和曾经的好。现在也明白了，为什么她们离开人世这么多年了，还时常出现在梦中。

　　住在村头的伯父伯母，相扶相携走过八十多个春秋了。大伯左腿因关节炎拄拐杖，伯母的腰弯成了九十度，再也直不起来。这个冬天，大伯因高血压摔倒，左手、左腿没有知觉了。去看望他们，伯父伯母眼里的真诚，话语的真挚，让我有强烈的感受，人到了这个时候，已经褪去一切俗世的繁华，返回生命的本真。亲情，才是珍贵和无价的。

　　村头，一位算命先生拉着二胡"咿咿呀呀"地来了，是邻村的，赶集回来路过。村里人说，算命的人，一个个老了，去世了，剩下没几个了。想起年少时，算命先生进了村，满村的人，围着算命先生，轮着算命。算命先生的顺口溜惹来一阵阵笑声，非常热闹。村里人逢有灾难，就去求助算命先生。算命不会百分之百准，但那个年月，算命先生给人心多少慰藉啊。他们的一生，见不着光明，却能为人解忧排难。他们是残疾人，但他们的好，人们还记得。

　　朋友打来电话，说送一套精装本唐诗宋词鉴赏辞典和一张讲课 VCD 光盘，朋友说，我想你是喜欢的。的确很喜欢，她是真正懂我，知我的好朋友。曾经一起交流过，我们有相同的信仰、爱好和阅读习惯。这个世上，能够让我们真正感兴趣的文字并不多，如果遇上了，是我们的福气。

不记得两人是怎么认识的，只记得每次见面，都会有心灵共鸣的喜悦。还有她的鼓励，她的纯朴，令我敬佩和感激。彼此间的交往，没有利益的冲突，没有所求，只是灵魂的交流，相互勉励相互促进，唯愿对方一切皆好。她是我生命中的朋友。

年岁渐长，删繁就简，只想记得这些好了。如同这个冬天，繁华落尽，还原生命的本真，还原心的纯真、善美，从而顺着本心，说本真的话，做本真的事，做本真的人，如此，生活变得简单，生命也是通透明澈的。

# 世间万般，皆有说道

又一场雨后，樟树的叶落得差不多了，吐了一身的新，全世界都是一身的新，我嗅到了夏的味道。春天，在一惊一乍间，就要全身而退了。

曾经耐心地等，仔细地寻，她就那样悄无声息地每天给你一点点惊喜，突然几天高温，所有的美都呈现了，不久，就不见了。遗憾的美，缺陷的美，让人更怀念。

注定的，这个特别的春天，缘浅，不管是爱她还是忽略她的。

说话间，窗外的世界又黯了下去，淅淅沥沥的雨，毫无道理，说来就来了。雷声，慢悠悠地吼，只两声，也没有了。这个春天，连雷声也是不露声色的。

午后，雨停了，阳光洒满了窗前的绿，媚媚的，室内，映成黄亮。不曾想过，会来到这个全城环境最幽雅的院子工作，对着一窗的树，领略了春阳的媚，夏的耀，秋的炫，冬的柔，快三年了。还会相守多久，谁知道呢。

那一天，我整理单位成立二十年的资料，看到二十年内，工作人员做过的事和留下的字迹。一件一件翻过去，那些尘封的日子仿佛又在眼前上演。我的上一任是一位美貌、多才多艺、字迹洒脱的女强人。那些资料上留下了她的气息、字迹和指纹，在一张工作方案的背后，还留下了这样的字迹——×××：中午×××家乔迁，请你去。

很特别的感觉呢，在那些特定的年月，那些人物的活动，我触摸到了。冥冥间，我与这个女人有了说不清的因缘。十年后，我还在这个办公室吗？还会和这窗树相对吗？接手我的人又是谁呢，他（她）会不会也和我一样，对着窗前的树发呆，看我的字迹感叹万分呢？那么，二十年后呢，这一路下去，将有多少人，一根线牵起来。

九年前，一个偶然的机会，我随手翻阅一本《痕迹》，惊异，美女作家就在身边。一个字一个字阅读，几乎背得下，也萌发了写作的欲望。五年前，我把书送到她单位，她正好出去。后来，我接到了她的电话，说是从文字里看到她的影子，温暖，阳光，唯美，简单，于是我们成了好友。去年好友调到单位，成为我的上司。周末，两人一起读书，爬山，看电影，聊天，逛街，相同的人生观，种种美好，都在眉宇间，会心的一笑。

好友问我，为什么不早点出来呢？如果有人引导，你现在一定不是这样子的。我说，当年，多次萌发了找你一睹芳容的冲动，但你身在尊位，我对你的崇敬埋在心底。注定了，一切都是注定了，正如我们，要在某一年的某一月的某一天，才会认识，也要等到今天，我们才会走到一起。

总是想，前生修行好吧，今生，工作在环境最幽雅的机关大院里，养目，养身，养心。住在环境最美的校园里，每天有铃声、书声、打球声，萦绕于耳。

傍晚，去工作过九年的校园里散步，遇到熟悉的人，有的依然热情，有的淡淡一笑，还有很多熟悉的人，很难遇到，也许永远也遇不到了。教学楼墙外，是一望无际的油菜花。曾经，在这栋教学楼里，一门心思钻研在课本里，上课、备课、码字。那些沉醉在知识海洋里的岁月啊！

每一次，走在教室窗前，就久久地回味。看那些辅导的老师，看学生做作业，那种氛围、气息，触手可及。一次又一次地想，到底是教书好呢，还是脱离讲台好呢？六年前，在博客里写下博文《去留之间》，左右摇摆不定，犹豫不决。犹豫了两年后，终于写下一篇博文《丰富的安静》，"我为我曾经有过的浮躁和动荡不宁而感到羞愧"，算是铁定心坚守讲台了。

可是，不到一年，还是离开了讲台。

万般皆是命，半点不由人。一个人来到世上，带多少粮，穿多少衣，赚多少钱，与多少人相遇，走过多少地方，都是定数。这一切缘于我们的修行，来之不易，要知足、珍惜、感恩。

晚上，看电影《半生缘》，忍不住流泪了，为曼桢，为她的悲剧人生。 人们爱的一些人，与之结婚的是另外一些人。注定了半生缘，却要用一世情来记忆。

经历过了，也明白了。命运注定不可更改，我们只有顺势接受。经历浩劫的她，在坚壁悬崖里，苦苦寻觅缝隙，生出根叶。人生的意义呢，也就是呈现在世俗尘嚣上，人性的修为和温情了。

# 码字有感

码字多年，颇多感触。

"文章本天成，妙手偶得之。"文章是极有灵性的东西。

有的文章只在头脑里一闪，就被捕捉于笔端，一气呵成。竟是天生丽质，一字不能改，字里行间自是天趣旁流。

有的文章时辰未到，迟迟不肯降生，在头脑里一闪即逝，难以捕捉。此后，虽多次出现过，大约也要几个月甚至几年后她才靓丽登场，这样的文章往往是成熟而美丽的。

有相当多的文章，一闪即逝后，再也没有来过，只好流产了。

文字还是讲究缘分的，该放弃的还应放弃，强求来的，做作又别扭，自己看了都不自在。

写作的确是件天赋的事，与后天努力关系不大。且天赋也是人为，是人家累世累劫辛苦修为得来的。有些人一出手就达到了一种高度，让世人仰慕。毕竟天赋只钟情少数几个人。有人说，大部分的人在用多余的精力大量生产垃圾。代表当今散文最高水平的杂志，除了几个有点灵气的作家外，大多数都是疯子似的自言自语，膨胀了大量的废话，还美其名曰"新散文"。许多的长中短篇小说，不过在大量制造垃圾。

这种说法虽说有失偏颇，但也不无道理。

现实中不乏这样的人，一看他们的文笔，就知与文学无缘。但他们仍几十年如一日地坚持写。且不说希望怎样，单是这沉醉，也是一种支撑。所以说，文学永不会没落。

听朋友聊到他的一个熟人，对文学执着到痴迷的地步，小说、散文、诗歌、评论戏剧，什么都写。由于专心写作，家境贫寒，他还自费出了十五本书，他老婆为此跟他闹离婚。我身边也有个诗人，写了几十年了，老婆并不理解，常把他的诗稿当作坛盖。

太执着的人，于己于人都是一种折磨。

文字写到后来，只要一动笔，就想停笔，觉得什么都是多余而无意义的。所有的道理，前人书中都阐述过，我辈不过在换一种方式重复罢了。

文字写到后来，才觉得，写出来的东西是最无力的。"人类一思考，上帝就发笑。"真正的东西，是写不出来的。何况前人已有那么多经典，我们穷尽一生也无法超越。许多爱好文字的人，几乎在做着无用功。

码字使得喜欢文字的人处在一种尴尬的境地。于是，有人识趣地放弃，忍痛割爱，把时间与精力花在其他有意义的事情上去。身边有几个朋友，写过一两本小说后，就下海经商，文学只在生命中起个调节作用。也有一些文人，写些时下媚俗的东西，赚取人气。但是那么多的喜欢码字的人，在自娱自乐。有个网友说，他每天码一万左右的字，不求发表，只为码字的快感。

把码字当作一种娱乐，在当今谁也不缺吃不缺穿的社会上，不失为一种高雅的娱乐。

　　也有不少人，把码字当作一种修行，用文字的形式记录灵魂，澄净生命，温暖生命。这样的文字，能提升自己，如果还能醒人，也是一种存在的方式。

# 一笑一尘缘

　　不知为什么，每天，心情总是如此美好，迎着阳光去上班，空气，树木，街道，人流，所遇到的一切都令人愉悦。微笑着面对一切，不管悲喜、冷暖，内心里总会涌起对上苍的感恩。

　　那个上午，阳光很好，在办公楼前，我被一股浓郁的桂花香击中了。循香望去，不知何时，楼前两棵庞大的桂花树，已开满了花。银白色的花，细碎，密集，缀在枝间，隐在绿叶中。回看地面，并无落花——桂花刚开几天，幸好花香唤醒了我。

　　不久，又可以欣赏桂花落的景致了。记得去年，一个晴好的晌午，桂花扑簌簌地落下来，地面上黄了一圈。我站在树下，细碎的花陆续地沾在头发，衣服上，体味"人闲桂花落"中那个人，他也许站着，也许坐着，也许悠闲地漫步着，但不管他采取怎样的姿势，一定有颗不受外界打扰的悠闲的心，才会看到簌簌落下的桂花，才会闻到桂花飘坠时散发的丝丝芬芳。这场景，令人神往。

　　来到这个大院工作三年多了，每年的这个季节，桂花香飘了整个院子，陪我们工作学习生活，花香沁人心脾，滋润着我们的心田，这是我们和桂花树的善缘。

　　每天晚上，去操场散步。宽阔的操场上，绿草如茵，四季之美，每天的变化，几乎都领略了。时间久了，常来的一些面孔渐渐熟悉了，遇见，点头微笑，有时也说说养身的经验，毫无保留。彼此之间不了解，也无利害冲突，因而心性单纯，唯愿对方安好。这样的缘分，来得清淡自然，让人温馨而安宁。

　　那天晚上，在影剧院组织青歌赛，又遇见了这位歌手。曾经，去一个单位督查庆祝新中国成立六十周年大合唱，有人对着我喊她的名字，问："你不是去深圳了吗？"我很奇怪，我从来没去过深圳啊。原来，她和我长得极像，竟然有人以假为真。这一次，说起往事，两人都很激动，旁人也说，真的很像，很像。她说，既然咱们长得这么像，一定有缘，干脆结为姐妹吧。我说，好啊，又多了一个优秀的妹妹。彼此不图什么，只为，多一个亲人，多一声问候，多一分挂念，多一分温暖。

　　早些日子，全国红色旅游文化节在本地举行。全国各地的记者奔来，单位的同事热情接待。一位女士从电梯里走出来，单位的小伙子立即迎上去，需要帮忙吗？女士说只是去买点药，不用帮忙。小伙儿又说，那我带你去吧，我帮你提包，女士一个劲儿地说不用不用。看到这样的场景，大家都笑了。小伙儿迷惑地望着我们，他一定是误会我们认为他献殷勤了，他说，我老婆可是一个大美女呢。我们又笑了，说，你做得很对，我们是赞赏的笑呢。

　　因为，相见就是缘。来此的记者，也许一生只会来一次，我们的相见也只有一次。以诚挚之心相待，珍惜当下，在彼此生命中留下美好的一次，就不会留下遗憾了。

　　佛曰，前世五百次回眸，才换得今生的擦肩。今生，所有的相遇，都是再续前缘，或者说，是久别重逢。一个人，从一出生，所遇见的人、物，一切的一切，都是定数，缘深缘浅，都应善待。

# 秋色渐浓

这几日身体不适，待在家里静养。

窗外，篮球场上"嘣嘣"的篮球声传在时空里，悠长、淡远，让人想起遥远的岁月。

搬到这套房子已经八年了，这个冬天，就要搬离。若是往年，定会牵扯下离愁别绪，如今，也淡了，远了，居无定所，人在世上走一趟，只是过客，万法归一，自在随缘吧。

一场秋雨一场寒，窗外的世界，秋色渐浓。树木，草坪，球场，教学楼，宿舍楼……沐浴着初秋的阳光，闲适、随意。各种鸟儿、蟋蟀，还有各种不知名儿的虫儿，叫着内心的自在和惬意，窗前的世界，一派祥和、喜悦、安宁。

终是忍不住了，放下手中书，下楼，来到校园里，融入他们的世界中，这样的美丽，不容错过。

春的到来，隐忍，含蓄，不动声色，却又是轰轰烈烈的，就像一场暗恋，明明动心了，明明喜欢得不行了，可是，脸上是冷冷的安静的凛冽，因此，春天，需要寻觅。秋来，也是不动声色，却来得坦然，落落大方，如同喜欢一个人就说出来，爱了就爱了，恨了就恨了，不隐藏，不隐秘。

眼前，时时处处，都是秋的踪迹。檐前的杂草，任意伸展，彼此交错，一种梦幻似的随意。墙上攀缘的丝瓜藤，几片斑驳的叶间，几朵丝瓜花黄得很纯粹。阳光洒在晾晒的床单被褥间，反射出疏淡的光芒，谁家厨房里传来"笃笃"的切菜声，提醒着，这是红尘里最深的人间烟火。

风起时，那棵高大的梧桐树上，红黄相间的叶子，在树枝间，哗哗摇动，把阳光摇成了一树的碎金。很多落叶，聚在路旁，树兜下，沉默静思。物候从来如此，不管你在意，不在意，它都在这里，遵循着性子，轮回，轮回。

草坪里，一位古铜肤色的男子，正在花池里清除杂草。我走过去，看他时，他正抬头看我，四目相对的刹那，彼此一笑，那样干净的眼神，让我想起了这个季节的蓝天。人与人之间本应这样，相互尊重、信任，就如同眼前这些植物，彼此之间，不争不比，不嫉不妒，心性单一，所以自在，随意。

他是花园的员工，他说，活儿不累，就把干活当作一种休闲，每天与这些花草打交道，平静安然。其实，他的这种心态，这种懂得，是植物们的福气，是他自己的福气，也是他们之间的善缘。

花池旁边，矗立一块牌子，上面赫然两字"拼搏"。离开讲台三年多了，那些拼搏的岁月，还历历在目，教师和学生，为了高考，早辅，晚辅，教室里都是拼搏的声音。那样的岁月，很充实，参与智博，也是人生的一种体验呢。人生处处是道场，只是，任何时候，在享受人生富贵、权利时候，应持有一颗平常心，人生无常，别忘了自己是谁。

七年前，曾经在《感恩》里写过的这些樟树，石桌石凳，还在。只是学生，一茬一茬地走了，一届又一届。物是人非，物是人非！流年暗转，转老了光阴，转走了岁月。

或者，老的是岁月，不老的，是这颗心。想起七年前《美丽的日子》中的句子"在深秋的风里，吸一口凉凉的空气，以一个平平静静之心，舒一抹安安然然的微笑"，这颗心还在，只是向更远更深走去了。

# 生亦有时，死亦有时

这个周末的夜晚，你有闲情，我也有闲时，在同一个时间，与电影《桃姐》相遇。

桃姐何人？十三岁开始，做用人六十年，终身未嫁。雇主的儿子罗杰，从事电影制片业，五十多岁了也男大未娶。桃姐照顾着罗杰，成为习惯。

六十年，多少孤独，多少辛劳，多少奉献？影片只截取几个生活片段，安静地叙述，安静地雕塑，安静地呈现生活的细枝末节。饰演桃姐的演员叶德娴，一身女佣装扮，走入菜市，和菜贩子讲价还价，在厨房里烹饪，她微朦的背，举手投足，神态和表情，声音，内敛又从容，拿捏得恰到好处。她的如入无我之境的表演，征服了观众，眼前忽略了叶德娴，只有女佣桃姐。

影片的节奏不紧不慢，还原于生活的原生态，如同生命的长河，从容地流出母亲河，从容地流入冥河。罗杰（刘德华饰演）在厅中享用美食，桃姐站在厨房里吃剩饭。罗杰饭后安静地喝汤，一口一口地，直到喝完，镜头没什么变化，也几乎没有对话。每一个罗杰出差回来的晚上，窗后，是桃姐等待的身影。每次看到罗杰背着背包出现在街道转角，桃姐就躲在自己卧室门后，静听罗杰开门，收拾东西，上床睡觉，这些窸窸窣窣的声音，让桃姐心安。

只这几个镜头，体现了桃姐的勤恳，恪守本分，对罗杰毫无条件地宠。是主仆，却有某种母子之情，画面上有无言的温暖，在汩汩地流淌。

七十多岁的身体，必然性地萎缩，萎缩得不像样，突然中风，生命里积累的无数的经验和智慧，用不上了，只有深埋，但埋不住生命的尊严，桃姐主动请求去老人院，影片的重头戏从这里慢慢展开。

那么多的老人突然呈现在眼前，有儿子不养母亲的，有母亲倒养女儿的，有人老心不老焕发第二春的，有无依无靠依赖政府的……苍老、衰竭，老得不能再干自己想做的事，老得生活不能自理，眼神里的空洞寂寞，仿佛地狱般的场景，震撼着每个人的心。桃姐拄着拐杖，佝偻着永远也无法伸直的腰身，用无声的举手投足，静静地揭示了老无所依的凄凉。

这是生命必然的规律，有点悲哀，有点无奈。

百忙中，罗杰像干儿子，一有空就去探望。陪她有一搭没一搭地说笑话，接她去外面的饭店吃饭。稍有康复就带她回家，把她最喜欢的宠物"卡卡"带回家，亲手煲汤给她喝。

罗杰和她一起收拾过去的旧物，看老照片，一件件，一桩桩，让两人回忆感慨。当桃姐找出罗杰婴儿时用的东西时，罗杰的眼里迷离而又忧伤——面对最熟悉而又最陌生的物什，桃姐是他不可挽回要失去的美好记忆。

罗杰的母亲来看桃姐，煲了燕窝给桃姐喝，桃姐说味道腥，罗杰母亲说，加点盐就好了，桃姐说，还是腥，罗杰母亲的脸色很尴尬。她给桃姐钱，桃姐用很大的力气，推回。

晚上和母亲待在一起，罗杰小心翼翼地翻报纸，有一种隔着和不自在。而和桃姐一起，他就感到亲切、自如，有种被宠的感觉，这种亲养而生的感情，远胜过生疏的母爱。

罗杰带着桃姐去参加自己的首映礼，她兴奋异常，着意打扮了一番，穿上收藏已久的名贵衣服。首映礼上桃姐大开眼界，有机会见到电影明星，桃姐感叹自己有生之年已然无憾。她说，你爸爸看见你的名字出现在电影的片头一定会高兴的。罗杰淡淡地说，他不会，你才会。他们相视一笑，手拉着手，像拉着一个珍贵的人。他带她走到马路的里侧，生怕她受到伤害。这种毫无条件的支持和宠爱，让他们之间有说不出的放松与惬意。

罗杰和桃姐去散步，碰到一对结婚的新人。看到桃姐羡慕的眼神，罗杰打趣道："我听妈说当年追你的人也挺多的，有一个卖菜的，有一个五金铺的，还有一个卖鱼的，你为什么不要呢？"

桃姐说："因为他们太腥。"

"腥？"

"对。"

"五金铺也腥？"

"对。"

"那一定是暗恋我爸了，不然为什么这么多年都在我们家呢？"两人都忍不住大笑起来。

桃姐反问："你怎么一直不结婚啊？那个个子高高的，长得和模特似的，多好啊！"

罗杰："她后来真的做模特了，还跟了郭富城啊！"

老人院里有个人老心不老的老人，因桃姐的善良，总是向桃姐借钱找发廊妹，被罗杰揭穿后，桃姐说，借给他吧，都这个时候了，要找还能找多少次呢。

病榻前，桃姐说："我不怕，半截身子都在土里了，人的命，天注定。"

神父说："《圣经》上说了，天下万物都有定时，哭有时，笑有时，生有时，死有时。"

"血管手术有时，胆囊手术有时。"罗杰接道，拿眼睛瞧桃姐，眼里有笑意。

桃姐看着他："吃奶嘴有时，进棺材有时。"说着，他们忍不住都笑了。

神父说："人生最甜蜜的欢乐，都是忧伤的果实，人生最纯美的东西，都是从苦难中得来的，我们要亲身经历艰难，然后才懂得怎样去安慰别人。"

禁不住地喜欢上了桃姐，她的勤劳，恪守原则，豁达，自尊，有点可爱的固执，她说话的声音，她笑的样子。

禁不住喜欢起桃姐和罗杰来，喜欢这种相依为命的主仆情，喜欢他们双眼对视的镜头，安安静静微笑的目光，爱，善，无处不在的无声无息的电光，深深地触动了我的心弦。

桃姐离开后，葬礼很简单，很安静。如此安静，是不打扰桃姐安眠的最佳方式。影片结尾，坚叔手捧一束白玫瑰，眼神直直的，放在纪念桃姐的桌上，镜头最后，是这束白玫瑰安静的特写。

这个时候，我的眼睛湿润了，生亦有时，死亦有时，人活着已是不易，不管是尊崇还是卑贱，能在阴暗、压抑的生活缝隙里活出温情来，让灵魂的光辉代代相传，是多么艰难，这样的人生，就像这束白玫瑰。

# 永远的春天

　　江南的春天，总是这样：多雨，乍暖还寒。当人们的思绪还安然地躺在淅淅沥沥的雨声里时，她却偷偷地用彩笔点染着万物。

　　二月初的一个早读时节，气温仍在几摄氏度左右。天气阴沉得怕人，雨点随时都会骤然降下来。站在教学楼四楼的走廊上，才察觉檐前的樟树顶端已披上了一层嫩绿；昨天还是嫩黄的梧桐叶，今天已经缀满翠绿了。一阵冷风吹来，扬起了几片老去的樟树叶。我缩了缩脖子，裹紧了棉袄，赶忙进教室指导学生早读。

　　我把书本放在讲台上的那一刹那，"啪"的一声，一瓶花被碰倒在地。慌乱中，听见一位学生喊道："老师，你赔。"全班学生"哄"地笑将起来。坐在讲台前的一位女生赶紧帮我把花瓶捧上来。这时，我才惊奇地发现，花瓶及花都是塑料做的！

　　这是用蓝绿色的可乐瓶子做成的。从中间切开，下半部分做花瓶。周边剪成细条，再折叠成圆形花边，形成美观的花瓶边缘。上半部分倒立过来，于瓶颈处剪成四片小叶，再延伸上来，于瓶肚处剪成四片宽叶。叶片呈"窝"形自然卷曲，叶面又被剪成无数细条，形成自然叶脉。盆景中间，再在三根伸长的塑料条上插上淡蓝、粉红、浅紫三种颜色的彩纸做成的千纸鹤作为花蕊。这样，大小长短的叶片显得错落有致，惟妙惟肖。整个盆景姿态舒展自然，精美绝伦，实在是手工艺品中的上品。

这一定是出自一位心灵手巧的学生之手。

抬眼望过去，台下，几十张笑脸亮亮地迎着我，眼神里透出几许得意。在整齐统一的白色校服间，我发现一位学生的课桌上也放着一只盆景。用的是矿泉水瓶子，同样拦腰切去。不同的是，瓶里装着深褐色泥土。瓶面摊开的菊花草，叶片肥嫩，贮满生命之绿。再往旁边仔细一瞧，惊异地发现，几乎是每个桌面都有形状各异的盆景。高矮不一的矿泉水瓶子，圆形的瓷杯，椭圆形的饭盆，一次性的塑料杯子，都装着黄褐色的泥土。有的插上一两根葱苗，有的是叶儿葱茏的植物，有的是盛放着的花朵。顺着盆景，再往教室周围一看，窗台间也整整齐齐地摆满了各种盆景。

盆景间，最突出的一个是把切开的矿泉水瓶子用绳子拴好，倒立固定在墙上。花卉斜伸向上空，姿态嫣然，张扬着生命中的色彩。花多是淡雅的银白淡黄粉红，在教室里日光灯的照耀下，愈加俏丽多姿。

此时，我才反应过来，原来是学校准备举行盆景制作大赛。但我万万没有想到学生制作盆景会这样独具匠心。

这一瞬间，仿佛进入了童话的世界里。窗外，阴沉的天空下，冷风夹着雨点呼啸着万物。而教室仿佛空中的一只摇篮，把春天里美好的东西都包围在它温暖的怀抱里：鲜花、嫩叶、青春、微笑……

这是多么奇怪的感觉！

一定是我脸上的吃惊让他们更得意了，他们笑得更灿烂了。一位学生问道："老师，你不会缴了我们的吧？"教室里响起了几声笑声。我赶紧佯装严肃，喊道："大好春光，岂能浪费掉？"教室里又是"哄"地笑将起来，随即响起了大声的读书声：

青青园中葵，朝露待日晞。

……

我在座位行间徘徊着。一张张熟悉而稚气的脸，摇头晃脑的读书姿态，在鲜花嫩叶中，更显得青春而纯净。

窗外，雨越下越大了。透过窗户可瞥见樟树映衬下的银针般的雨点。风声，雨声，读书声，混合一起，在空中织成一张天籁声网。我在这个网里徘徊遨游，内心里有着说不出的安宁与快乐。

这个早晨，我把本来计划做的事情忘在一边，久久地沉浸在一种幸福的感动里。学生们一定以为，是他们的作品赢得了老师的赞赏。但他们哪里知道，他们张开的笑脸，坦露的真诚，追求美的纯真心灵，才是老师眼里永远的春天！

# 丰富的安静

从三楼办公室搬到一楼后，我的内心有着说不出的安宁。

这间办公室的设计极富创意，每张办公桌都有木格子隔开，互不干扰，形成独立的空间。

汉白玉颜色的桌面，泛着月光般皎洁的光芒。深蓝色的木格子，有着海洋般的沉静。白与蓝为主的空间，永远给人明快宁静之感。浅黄色的窗帘，又为办公室增添了富丽之色。

我选择了靠西墙最里的一个空间，桌面上堆着一排教学用书，还有我喜欢读的各类书籍，它们颜色各异，散发着一种馨香。静静地待在这个空间里，什么都可以想，什么也都可以不想，心灵得到极大的释放。我宁愿把心思花在心灵的自由驰骋中，也不愿意哪怕丁点时间花在众人间的大声喧哗与心思的揣摩中。我想，一切看重生命质量的人，一定都会追求内心深层次的愉悦，

办公室正面的墙壁上，有着一块横匾，上面有十六个红底黄色的隶体字："师德高尚，知识渊博，教艺娴熟，敢于创新"，字下面有一排英文，整体大气而和谐。我只要一抬头就能望见这十六个字，而每次望见它们，内心就肃然起敬，我感觉出知

识的崇高与庄严，一股神圣的使命感油然而起。

清晨，阳光从东边照过来，在泡桐树叶间反射出道道金光。下午，阳光又从西边的窗户照进来。这样，这栋坐北朝南的房子，可以让我尽情地享受大自然的阳光和空气。东墙外，一棵泡桐树默默地伫立着，树枝自然地伸展开，宽大的叶片衬托着枝端圆形的果实。透过窗户望过去，有种欣赏不尽的美。我凝视着它，时间就这样分分秒秒地在一种静谧安宁中过去了。直到夕阳西下，校园里弥漫着音乐声了，该是晚餐时候了，我才恋恋不舍地走出办公室，走进校园里美妙的黄昏中。

唯有知识、自然与德行，才是值得一个人用一生的时间和精力去追求的。我为我曾有过的浮躁与动荡不宁而感到羞愧。

# 我心已闲

风随着意思吹，你听见风的响声，却不晓得从哪里来，往哪里去。凡从圣灵生的，也是如此。

——题记

午睡醒来，瞥见了随意投在窗帘上的阳光，幽幽的，是深秋里很熟悉的那种色彩。这种幽幽的色彩使得周围静谧的有点寂灭，其间有种情愫冥冥中从旷渺里款款而来，远远地向我呼唤。心就那么颤抖了一下，整个思绪意念就这样毫不设防地被牵引到熟悉而永恒的地方。这一刻，我没有挣扎也不想挣扎。

我不知道，是命里情带得太多，还是情带得太少。小时候，常常一个人偷偷地跑到屋后，看那荆棘丛中稀拉拉的几片叶子在凄风冷雨中瑟瑟发抖，便要流泪，大千世界，芸芸众生，自己渺小如沧海一粟，不明白自己活在这个世界上，究竟是为了什么。读高中了，还时常旷课，躲在二楼的寝室里，从窗户里呆呆地望着街道上的居民与来来往往的行人，不明白，他们每天紧张忙碌地过着日子到底有什么意义，总觉得自己是个平庸而多余的人。

一生中，最喜欢的是书与自然。

此生，越来越觉得，自己只能与自然和书做伴了。在许多个不设防的瞬间，总会跌入性情的陷阱中，不可自拔也不想自拔。暑假里的一个雨天，终是按捺不住，骑车冲上了当地最高的山——云阳山。进入庙门的刹那，不禁怔住了：光线幽幽的庙里，一位三十岁左右很清秀的尼姑坐在右边的案几旁，正专心致志地抄写着什么。外面层层叠叠的雨声很温暖地包裹着整座庙宇，屋内静谧幽幽的光线也让人容易入心看书。在这样的氛围中，就连那菩萨及面目狰狞的金刚也不复存在了，眼前有的只是这专心致志。这个场景给了我莫大的震惊！多么熟悉的场景，我仿佛看到了自己的前生，这不正是我内心渴慕的吗？忍不住地近前，看她抄写《金刚经》，欣赏她娟秀的字迹，和她一起探讨着佛理、四柱预测学，时间仿佛不存在了，空间也不存在了，一切显得多么温馨。那个雨天，我就和她在会心的交流中似乎走进了永恒。

傍晚时分，雨停了，站在路旁，脚下云雾缭绕，仿佛给人失重的感觉。大片大片的云涌向对面山峰，只几分钟的工夫，眼前一切都在云雾之中了。在这壮阔的景象中，我骤然间觉出了时空的永恒，自然的庄严。于是，在这四面无人的白云中，竟呜咽不止。

这个阳光懒洋洋的下午，我又一次不可自拔地驱车向山顶冲去。路旁坦然伸展的树枝披满红叶，深草与杂柴都着上了厚实的色彩，满山满坳的青松杉树默默伫立着。只有这个时候，心才平静温和下来。我放慢车速，在清风中树林间徜徉，沿着山坳水泥路一圈一圈往上移，等到了山顶之时，太阳已偏西了。

整个林子里，呈现肃穆色彩，地面铺满了深深的松针。《東法忍》诗云"落花深一尺，不用带蒲团"，大概是说的这样的境界了。拣一块松软的地方，闭目静坐，林子里所有的天籁之音都曼曼妙妙地入耳来。秋虫唧唧，鸟儿啾啾，风声瑟瑟。发源于顶端的山泉，蜿蜒盘曲蛇行。流经松林平地时的安谧娴静，与穿过山间乱石的喧哗结合，组成了这千年亘古不变之音。几年前的一个夏夜，为了听这泉声，特意在简陋的庙宇里住了一晚，却是平生极舒心极自在的一晚。

　　天色向晚之时，山色愈来愈深，愈来愈浓。返照的夕阳给林子留下一抹亮色，整个山林愈显苍幽。晚风也带着清澈的凉意，爽利地轻轻掠过山林。许多树木叶子逐渐荒疏，显出它们的秀逸，那是一份不需任何点缀的洒脱。《圣经》上说："风随着意思吹，你听见风的响声，却不晓得从哪里来，往哪里去。凡从圣灵生的，也是如此。"山林的空灵寂静大概就是这不可捉摸的圣灵了。

# 这个夜晚，我们一起

时空的无涯里，这个立春的夜晚，我们聚在一起，从七点半到十点。

天气宜人，大院的竹林里，精密幽深，在霓虹的柔光里，我们能看到对方面部的轮廓。

路上，不断有人绕着大院走圈，不远处的犀城广场，传来了俗世里的热闹。

世间一切，都在安静而有序地前进。

你说："我们好久没有见面了，但骨子里会念着对方，再见时，一样激动亲密。"

"是的，有好几次，想去找你，又担心打扰你的平静。因为每个人都有自己的生活规律和自由空间，不轻易打扰对方，也是一种尊重。"

"我也是这样想的，交往亲而不昵，把握一个度，也是艺术。这样的友谊，才真正是君子之交淡如水呢。"

"像我们，有文学艺术养着，心境比较单纯平和，所以，即使不见面，也会放心。"

"嗯，我的生活很单纯，每天下班后，就全部身心到了

053

绘画上，画着画着，心越来越静，离尘世也越来越远。回过头来，回想俗世里的恩恩怨怨，如同浮在云端看世界，真是不值一提。富贵、功名，都是过眼烟云，拥有多少，都不必在意，要紧的是，我们要活得明白，活得清醒。"

"身在红尘，心在尘外，以出世的心态做入世的事情。人与人之间的区别，不是富贵与贫贱，而是灵魂的高度与密度之分。看一个人，不用看对方的着装有多高贵，只要看对方的眼睛就知道了，一个有着高密度灵魂的人，他（她）的眼睛是平和仁慈的。"

"我很赞同你的观点，物以类聚，同样高度密度灵魂的人相遇，才会有契合点，才会为彼此停留。所以，人生遇到一个知己真的很难，我们能聊得来，真是有幸。"

"像我们这样的聊天，没有利益冲突，互不设防，畅所欲言，又能放松、惬意，真开心。"

"我们内心都渴望自由。有时我真想做棵植物，不被人管束，不受人关注，我只是我，默默开花、结果，走过自己的人生。"

"这是草根心境，自由，平和，安宁，不争不攀，其实，这都是我们共同向往的。呵呵。"

"呵呵，我们两个，像天真的孩子，释放自己真实的一面，那笑声，真，纯，清，响在竹林里，在这个夜晚。"

你说："大自然，每时每刻，都在变化。今天，我们聚在一起聊天，下一次就再也不会有同样的聚会了，再相聚，天气、环境就不同，也不会是今天这样的心境了。所以，每一次相聚，都是绝无仅有，独一无二的。"

有一段时间，两人沉默不语。

时光的脚步，仍在滴答滴答、安静而有序地前进。在岁月的长河里，人生本来就是由一场场邂逅组成，与有缘人，与大自然，与荣华富贵，所有邂逅完成了，人生也就结束了。

这些邂逅，有的很美丽，有的会留下遗憾。而真正有价值的，不是感官的一时享受，也不是虚荣的一时满足，而是灵魂的修炼与提升。

记下上述文字，与朋友，与有缘人互勉。

# 第二辑
## 你若盛开，清风自来

世事纷繁，时光终是无言
既然去年的收成已成今年的定数
那么，当下的努力就是今后的储粮
与其怨天，不如修命
与其尤人，不如责己
珍惜今生，现在，此时

# 世界是自己的

　　快开学了，单位组织大家助学捐款。两位高中学生，一男一女，同着各自的奶奶。自我介绍时，男生较为坚强，女生泣不成声。父母不在或无力抚养，靠六十多岁的奶奶打工维持生活。家里无煤，只烧柴，煮粥喝，更别说学费，但是孩子们都想读书。坐在身后的奶奶情不自禁站起，痛哭失声，谢谢你们，难为你们……

　　在座的所有人，都为之动容，不少人拿起纸巾擦拭眼泪。我们微薄的善行感动了他人，同时他人的言行又感动了我们，善是能影响善、传递善的，在彼此间，良性循环。这一瞬间，我们的慈悲、同情心又被拨动了，在阿赖耶识里又种下了善的种子。我们以为是在帮助别人，其实，真正受益的，还是我们自己。

　　朋友说，在一个单位久了，好多人劝她，该活动活动了，既可以改变别人对自己的看法，又能实现自身的价值。其实，她是明白的，功名利禄与自身的福德资粮息息相关，该来的自然会来，强求只会徒增烦恼。另外，用"位子"来赢得他人的尊重，来衡量自身价值，只会离本心越来越远，活得也就很累，这不是真正的快乐。人生最大的价值，生命最曼妙的风景，是心的平静、淡定和从容。"我们曾如此期盼外界的认可，到最后才知道，世界是自己的，与他人毫无关系。"

这些道理，朋友是清楚的，她说这些话，不过在反观自身，求得正解，让起伏的心境重回平静罢了。

喜欢一个人，或一件物，都是上了心的。因而痴恋、痴迷，甚而愿意为对方付出一切，自以为是伟大无私的爱。其实，这过程本身，终究为了自己，只有这样去做，心才喜悦、才舒坦。因此，不必说，我这么喜欢你，为你付出那么多，为什么得不到回报？

失恋的人，还在找借口，指责对方，其实，要多从自身找原因。人生哪有什么对与错啊，都是自己在跟自己较劲呢。"行有不得，反求诸己。"不要问别人做得对不对，要多问自己做得好不好，心结才会由此打开，一切问题也就由此解决。

她说，在寺庙里拜菩萨，眼泪止不住流淌下来了。其实，她是在拜自己的慈悲心、同情心，拜佛即是拜自己。

带女儿放生，女儿面有难色，嗫嚅着：没用的，小时候我杀生了很多，踩死蚂蚁、打癞蛤蟆、捉蜻蜓蜜蜂……我说，做吧，做了一定有用。我相信，人之初，性本善。小时候的她很爱流泪，看不得杀生。长大了，和伙伴们一起玩，也会杀生，她的慈悲心渐渐地被世俗蒙蔽了。我让她亲手把黄鳝泥鳅倒入水里，黄鳝泥鳅欢快地游向深水去，她的脸上有了欣慰。放生，也许对对方没有多大用处，因为它们在河里一样要面对别的动物吞吃而死亡。但是，在放生的刹那，女儿生起的那点慈悲的柔软心才是重要的。

很想很想，做一棵静立于风中，聆听天籁的树，什么都可以想，什么也可以不想。"与人无爱亦无嗔"，只遵循着植物的习性，盛，衰，衰，盛，轮回，轮回……其实，好多人都想这样，世界是自己的，好好修炼吧，但愿能修炼到树的境界。

# 简单做人，朴实生活

不止一次，听到有人对我的评价：人简单，不计较。

我笑着默认了。

待人处事，总是不能察言观色，眼眨眉动，听不出对方的弦外之音，更不会揣摩人的心思，分析人，研究人，取媚于人。只会凭着一颗朴实真诚的心，如实地说出自己内心真实的想法。

一个人，如果把精力和智慧，用在追名夺利，用在人与人之间的算计，甚至为了满足欲望，不惜伤害诽谤他人，最终，消了自己福分，在名缰利锁间枉费心机，身心俱疲，有的甚至连性命也搭上去了。

事久知人心，人们的眼睛雪亮着的。一个城府颇深、善用心机算计的人，人们自会远离他们，也防着他们。反而，简单的人，人们也会简单地对待他们，彼此在一起，轻松，安宁，愉快。虽然，我的简单，容易被人算计。但是人在做，天在看。如若，你得逞，是我命中的劫，我坦然接受，并感谢你让我明白事理，增我智慧。

《菜根谭》有言曰："涉世浅，点染亦浅；历事深，机械亦深。故君子与其练达，不若朴鲁；与其曲谨，不若疏狂。"

译文很简单，是说：一个阅历尚浅的人，受社会恶习的沾染自然比较少。而一个饱经世事的人，受社会阴谋巧诈等恶习的影响随之增加。所以，一个有修养的君子，与其凡事讲求谙练通达，不如保持直率不虚伪的个性；与其事事拘泥小节、谨慎小心，不如豪放而不随流俗。

固然，一个涉世不深心怀坦荡的人，那种朴实的状态很感动人。但是如果能永远保持那种抱朴守拙的状态，做到知机巧而不用的境界，这就是大智若愚的大智慧大胸襟。

生活里，处处有正面的、反面的事例，方正磊落为人，不见得比那些机关算尽的事故取巧者懂得少，得到得少。凭着醇厚善良真诚朴实的做人根本，踏踏实实地工作、生活，往往是成功之道。

所以，年岁渐长，我越遵循简单做人，认真做事。人生境遇，得之坦然，失之淡然，一切顺其自然。每天，素面朝天，不在乎容貌是否对得起观众。相由心生，心境修好了，相貌自然可亲、和善。

每天下班，只想一个人待在家里，洗衣，做饭，读喜欢读的书，写喜欢写的文字，听喜欢听的音乐，衬尘世光景，一点一滴，流过。

文字写到后来，也是删繁就简，不渲染，不媚人，只想本真地记录心情。能一句话说清的，绝不多写一个字。朋友发来信息说：荷儿，读了你的文字，用"三实"概括，即朴实、真实、诚实。

我欣慰，为我能保持的朴实本真。

简单做人，朴实生活，这才是生命的真迹和福报。

# 黄昏去买菜

不知什么时候起，习惯了黄昏去买菜。

满载而归的时候，总有小菜从手里提着的塑料袋里探出头来，露出翠绿的一角。散步的同事遇见了，就打趣道："怎么选择黄昏买菜呀，黄昏的菜是不是便宜呀？呵呵。"

黄昏的菜到底便宜不便宜，倒是没有考证。后来我在买一位老农的白菜时，他很自豪地说："上午买还要贵两毛呢……"原来，黄昏买菜真的划算，无意间占了便宜，很开心。

记得最初于黄昏买菜，是在晚饭后的散步期间。一天的工作已经完成，或者告一段落，该是放松的时刻了。此时的阳光也变得温柔而美好，风也善解人意。在校园里悠闲漫步，不自觉地出了校门。抬眼一望，最吸引人的就是斜对面的菜市场了。

菜市场的进口处，总有夺人眼目的绿色菜蔬，虽无清晨露水的滋润，却一样的娇嫩欲滴，逗引得人不忍离去。仔细瞧过去，除了这个季节最常见的辣椒、茄子、豆荚外，还有大肚的水瓜、条形的丝瓜、胖嘟嘟的土豆——各种菜蔬，品种齐全，白天有的，黄昏也有。

小菜的主人，大都是郊区的农民。他们下午挑来小菜，一直守到很晚才回家。他们默默地守着菜摊，任你挑选。你不用担心他们像菜贩子那样吆喝叫喊破坏你的好兴致。他们的眼神也淳朴单一，你也不用去设防，可以尽情地在小菜摊前流连欣赏。

每一种菜，都呈现一种诱人的情态，恨不得全都买了，回去好好消受。饱满滑亮的茄子最好红烧，多皱的辣椒适合油淋，晶莹的西红柿宜做三鲜汤……有时候，还会看到几样菜，如南瓜花、薯藤、馒头菜等，很是惊奇。在我的记忆中，它们只是儿时打猪草的对象。而今却是城里人的座上宾。诸多感慨，涌上心头，容易让人陷入遥远而熟悉的回忆中。有了这多种多样的小菜，我的黄昏也显得意蕴隽永了。

天色向晚之时，夜幕给黄昏涂抹了几笔朦胧。这样的情景似在提醒人们该回家了。于是，陆陆续续地，卖完的、没卖完的小菜主人，都担着簸箕、箩筐四处散了。

最先卖完的，总是那位皮肤黝黑的老汉。他很勤劳，种作的菜总比别人的鲜嫩。记得去年冬天，雨水很少，但他每天都能守着满满一担菊花菜。那个雨水少的冬天是很难看到这么鲜嫩美丽的菊花菜的，也很难想象这样的美丽会出自眼前这位皮肤黝黑的老汉之手。而你买他的菜，多兜少兜他也不和人争执。于是大家都爱买他的菜。

老汉走的时候，大家都爱开他的玩笑，他听了，只淳朴地微微笑了，眼角绽开着的皱纹也像菊花般，在旁人心中温暖地荡漾。

该回去了，手里提满了各种菜蔬。明天上午再不用顶着烈日匆匆忙忙地赶往菜市场了，再不用和许许多多的人拥挤一起，把买菜这种在我看来是享受的事情变得毫无趣味了。想起这些，内心便欣慰多了。日子有了空闲，就会从容出诗意。

　　某些东西，一旦带有某种目的去做，便有了完成任务似的匆忙。而黄昏买菜，是在散步的过程中，无意间获得的一份欣喜，一种心情。是把上午的那份有目的性的任务化为了黄昏时的一份随意。

　　于是，我迷上了黄昏买菜。

　　面对同事们的调侃，我只是微笑点头，而其中意味，又有谁知？

# 药补不如心补

父亲教书三十八年，退休后生活依然严谨，有规律。早睡，早起，午休，洗衣，做饭，看电视剧。邻居因外出打工而荒芜的农田、菜地他都包了下来，又承包了公家池塘养鱼。这样，每天他都有忙不完的农活。

有一次，邻居告诉我们，父亲顶着很大的太阳还在地里做事。我们着急了，父亲说，我不会太劳累自己的，说实话，这些农活，我做一年，也不过千把块钱。但是这就好像城里人每天的健身运动，我既健身了，还有劳动的收获与快乐。他指着农田，你们看，今年油菜长势真好，几年都少见呢，父亲满脸都是喜悦。

父亲没有其他爱好，不打牌，不抽烟，唯喜喝酒，每餐都要。前年体检，有高血压，他立即戒了酒，早餐改吃馒头，每天量量血压。

有一次，父亲量出血压升高了，他没有喝酒，没有吃禁忌食物，他终于查出原因，就是每晚看电视剧到十一点才休息。因为熬夜，生活规律打乱，血压就有升高的可能。还有，看电视剧，心情随着剧情也会有起伏，对血压也有影响。

父亲得出一个结论，要稳定血压，除了生活饮食要有规律，还要保持心境平和。所谓，药补不如食补，食补不如心补。

　　有时，父亲觉得头晕脑涨，就出去到村前菜地里转转，看看菜的长势，呼吸呼吸新鲜空气，头脑清醒了，心情也舒畅了。

　　父亲说，每天做同样的事，和泥土庄稼打交道，这个过程就是一个让心平静的过程，而心平气就和，血压也就稳定。

　　不久前，算命的对父亲说，你去年生命中有个难过之坎，你能过这个坎，祝贺你，说明你今生做了好事，积德修福了。父亲说，这个说法虽然有点迷信，但是也有点儿科学道理。所谓平生不做亏心事，半夜不怕鬼敲门。一个人没做亏心事，他就不会有后悔与内疚，而后悔与内疚对身体极有害。当一个人多做好事，就会心安，就会欣慰，心情好了，身体也会好，所以帮人即是帮自己。我很快想到了这句美丽的话——赠人玫瑰，手有余香。

　　有这样一位父亲，我们做子女的，不是非得接父亲去城里享福，也不是仅仅让他吃好穿好，而是不干扰他，顺应他内心的需求，然后好好地活，好好地工作，让父亲欣慰放心，我想，这才是我们最大的孝心吧。

# 纯真的笑容你有没有

一

暑假里，我每天顶着炎炎烈日，来回于教工宿舍与学校第五栋教学楼之间。沿途所看到的都是不变的景物和人们矜持的笑容，日子单调而了无痕迹地走过去了。

有一天早晨，我像往常一样去教工食堂买两只蛋充当早餐，我对着橱窗喊道："师傅，买蛋。"话音一落，有人"嘻嘻嘿嘿"地笑起来了，这种放松开心的笑声立即引起了我的注意。笑声来自一位身材矮小、皮肤黝黑的中年男子，他的脸瘦小但扁平，咧嘴一笑，无肉的脸颊向两边皱起层层波痕。这种纯朴率真的笑容好熟悉！在哪里见过呢，我努力回忆着，对了，这种笑容只在我儿时的伙伴们脸上才有过！这一刻，我仿佛又回到了童年快乐的时光里。

"我以为你说'买单'呢。"他继续嘿嘿地笑着。他竟然和我说着同样的方言！他一笑，头顶上一根根竖起来的头发越发精神，全身充满了活力。他的笑容感染了我，忍不住地，我也开心地笑起来了。

后来知道，他就是我们新来的厨师。

以后的日子，我照例去食堂买蛋，每次都能看到他的笑容，听到他的笑声。这种笑容影响着我一天的心情，我把开心带到办公室，带到课堂里，带到我遇到过的每一个人和每一处景物。

厨师个子矮小，但手脚利索，动作娴熟轻快。厨具在他手里极为听话，哐啷哐啷地，声音很有节奏感，三下五下，各就各位，整齐安静。渐渐地，老师们发现，令师生们大伤脑筋的食堂卫生大为改观：地板亮锃锃，桌椅纤尘不染，厨房里锅碗瓢盆井然有序。更令老师们开心的是，这位来自攸县的厨师，厨艺相当了得，每餐四样菜，荤素搭配得当，花样又多，很合大家的胃口。有一次，来食堂吃饭的人多了，饭菜少了，后来的老师失望地准备回去，他却从厨房端出高压锅，打开一看，满满一锅饭，大家很是意外。他得意地说，我就担心这种情况，早就做了准备呢。然后他动作迅速，架锅炒菜，老师们在感叹之余心里很感激。

厨师很爱喝酒，每餐都要闷几口，迟来的老师，便被他邀请一起用餐，一边喝酒一边和老师拉家常，说到高兴处，就高声唱几句，惹得大家开心地大笑。笑声给这个暑假注入了不少清凉。

早些日子，煮饭的妇女回家有事，他一个人把两个人的事情全包了，忙得不亦乐乎，却并不找后勤主任加工资。有一天，因为修路，全城停电停水，我们都以为食堂也要停了。中午我们抱着试试看的心情来到食堂，令大家惊奇的是，食堂里像往常一样飘着浓郁的饭菜香。一问才知道，厨师为了保证老师们的午餐，一担一担地到几里外的井里挑水做饭。这天中午，大家吃着可口的饭菜，谈着这位身材矮小皮肤黝黑的厨师，每个人的眼里都有着闪亮的东西。

## 二

开学初的一个早晨，正是升旗的时间，校园里响起了《运动员进行曲》，我匆匆忙忙地走在花池边的坡路上。

身后一位男孩蹦蹦跳跳到我身边，问道："老师，是不是升旗呀？"

这是一个胖乎乎的男孩，很可爱。一定是刚来的新生，对学校的规章制度还不熟悉。

我说是的。他立即"嘿嘿"地笑起来了："我还以为是做操呢？"他笑得这样天真开心，仿佛他的内心满满的全是幸福和快乐。我被他感染了，也笑着指着前方对他说，是升旗呢，你看大家都往塑胶跑道上跑啊。他又"嘿嘿"地不好意思笑了，身子一扭，脖子一缩，以最快的速度赶往跑道。

但是，天啦，就在这时，我发现他原来是个跛左腿的残疾人！为赶着升旗，左腿一瘸一瘸，使得身子也一扭一扭的，整个动作别扭滑稽得让人难过！

我已很难想象刚才幸福开心的笑声就来自眼前这个残疾的男孩。从幼儿园到小学，从小学到初中，其间一定遭受过不少歧视的眼神，诸多不便和打击，并没有在他身上留下什么痕迹，他竟然拥有这样纯真幸福的笑容。

这是一个心智多么健全的男孩！

这个早晨，我本来忧愁的心境突然豁然明亮起来了。我们中的许多外表比他们健全的人，每天都是面无表情，甚至愁眉紧锁，匆匆忙忙地奔跑在各种欲望间，再也不肯绽放一丝纯真的微笑。纯真已经离这些人太远了。

　　一个人，不管在怎样恶劣的环境里，能永葆一颗鲜活的心，让纯真永绽唇间，这才是上天赐给他们的最大财富。

# 美丽的日子

　　江南的秋天，总是迈着悠悠的步子，走走停停，停停走走，把人们的胃口吊足了，才在近深秋的九月怡然间拥有了万物。

　　早晨，去教学楼的水泥地上，零零星星地掉了几粒青涩的樟树籽，忍不住地踏上去，听着"脆脆"的声音于脚底下响起，心里头漾开了快意。凉凉的微风里飘荡着刺鼻樟脑和着的桂花香。校园里丛丛的树叶间、深草里，着上了略带朦胧的秋色，在清晨的薄雾里，沉默深思。

　　弯过花池，拾级而上，进入教学楼区。正是早读时节，各班的读书声从五幢教学楼里飘荡出来，氤氲成一团。嗡嗡嘤嘤，嘤嘤嗡嗡，整个空中成了温馨的海洋。层层叠叠的温暖包裹着自己，行走其中，仿佛在成海的花蕾中徜徉，心里溢满了舒畅与惬意。秋晨的凉爽正是读书的好时节，于是，也捧了书本，来回游走于走廊间，大声读将起来。不知什么时候，偷偷爬上的太阳已将丝丝缕缕的光芒洒入薄雾的树丛间了，又一个清爽的日子在美妙的读书声中拉开了序幕。

　　每次往讲台上一站，心灵便过滤得如同这个季节的蓝天一样明净。我喜欢在我娓娓的叙述下，他们稚嫩的脸上呈现出来的静气屏声和聚精会神。七十双眼睛明亮地望着自己，然后一起会心地"哄"地笑将起来，就像七十朵鲜花，那样的青春亮丽，迎向你一齐绽开。

而更多时候，我扔下一石激起他们的千层浪。比如舒婷的《致橡树》与裴多菲的《我愿意是急流》爱情观的比较，比如海子的自杀与史铁生的获得重生的思考——在他们激烈的争执和讨论中擦出思想火花时，我及时地点拨一下。有时，争执得正难解难分，有那么一位学生不小心，恰到好处地"吧嗒"一声倒下，我顺口说道"凳子也太激动了"，惹得大家哄堂大笑，声音传得很远、很远。窗外，太阳的微笑撞碎在樟树叶间，散成七彩碎片，折射出璀璨的光芒。

这样的青春与笑声影响着我一天的心情。下楼梯，只觉得身轻如燕。微笑着迎着阳光去买这个季节最常见的肥嫩大白菜、青翠的莴笋、晶莹的萝卜——也买不是这个季节的大蒜、辣椒、茄子——各种菜的清香融合一起，让人想起遥远的田园气息。但每次看到红薯，总让我流连忘返。儿时的秋天，记忆中总是很好的阳光，母亲和大婶们把蒸熟的红薯剖成一片片，摊开在晒谷场的稻草上。我和伙伴们一边吃着红薯一边在晒谷场欢快地玩耍。四周的庄稼都蒙上了厚重的深绿。鸡们在深草中觅食，总有母鸡悠悠长长的"咯哒"声飘荡在空旷的长空里。晒干的薯片可以充当我们半年的零食。而今仍对红薯情有独钟，称上几斤，每天吃上一两口，便觉欣然。

逢到一周一节的阅读课，便带了学生到阅览室。阅览室里浓厚的文化氛围容不得任何嘈杂之音。这里有的只是虔诚的面容，清悠的来回寻觅的脚步声，充满思考的眼神与书中思想交流产生的火花。透过阅览室四壁宽大的窗户，可瞥见蓝天白云、阳光下微微摇晃的树影。在这种环境里读书最易入目也最易入心，一小时很快溜过去了。悠扬的校园广播声随着放学铃声响起，因着那先进的现代科技装备，音质原汁原味，纯净得如"空灵泉"，回荡在校园的每一个角落里。

这个季节也是最适合午睡的。换下生凉的枕簟，在宽大的床上铺上厚而软的棉被，躺上去，便可恣意松开四肢。在清凉的空气里是最易静心也是最易入睡的，连梦也是清幽幽的。轻松自然地醒来，望着映入窗帘上懒洋洋的阳光，惬意地伸懒腰，在这样静谧的环境里想着很远很远的事情。

日落时分，也去球类中心打篮球、乒乓球，有时一个人静静地溜达在校园的林荫路上，看那洗尽铅华坦然伸展的树，感受这褪去稚嫩显得厚重而依然温软的深草，听幽微的鸟语声，在深秋的风里，吸一口凉凉的空气，以一个平平静静之心，舒出一抹安安然然的微笑。

# 每个人都要对自己的行为买单

在柴静博客，看到一篇博文：六年前，一位安徽的农民，为了上中学的小儿子能有一个未来，把患有智障和癫痫的大儿子丢弃在天安门广场，这是他能想到最安全的地方。

然而，六年来，他的家庭所付出的代价远远超过拥有智障儿子的代价。智障者遭受的又是怎样的对待，父母和小儿子一无所知，一切让他们无法安宁地以求自保。母亲背着几十斤的农药穿越湿热的稻田，一直到漆黑才回来，常因为农药过敏而呕吐，现在因为腰椎手术失去了劳动能力。父亲患病好不容易才度过生命危险，又在打工时遇到工伤得不到足够的赔偿，两人常常晚上为失去的儿子痛苦，母亲的眼睛已经出现严重的问题。

跟哥哥有深厚感情的小儿子2011年学校毕业后来到北京，唯一的目的就是为了找哥哥，他找广场派出所、救助站，贴广告，然而没有结果。他写信给柴静，说害怕曝光，害怕别人骂，害怕痛苦加深，但在信的结尾他写道："这世界需要帮助的人太多，经历苦难的人太多，我只是需要一个广而告之的机会。也许他已离开世界，也许他能像以前一样能幸免于难。

我愿承担所有罪责。"

生活中，类似这样的故事还有很多。面对灾难，因为懦弱，因为不堪重负，而采取自私的行为。然而现实常常不是设想中的那样，丢弃让他们开始面对不可知的未来，备受良心的煎熬，一路后悔，一路不曾心安理得。如同文中所述，六年的时间太久了，足以湮没一个人的生命，更足以让另一个生命背着不可承受的代价，只要一天未找到，就要一直背下去。

这样的故事对我们每个人都有启发和教训。

人的一生中，或多或少都会遇到磨难和坎坷，每个人都应具备一颗强大内心，去坦然面对。相信天无绝人之路，没有过不去的坎。

好在，很多人，和文中的弟弟一样，能在忏悔中迈出了艰难的一步——寻找哥哥，能忏悔，能担当，有责任，不失为一个好人。

好在，还有社会上那些宽容、伸出援助之手的人。

愿好人一生心安！

# 我来保护你们

时隔多月，我还时常记得这个女人。

五十岁左右，中等身材，一头披肩碎发，瓜子脸，依稀可见当年的俊俏。

两年前的一次体检，在这个医院，她被查出早期肺癌，手术切除。两年后，也在这个医院，又发现胸膈膜肿块，又做手术切除。大家包括她自己，都怀疑是癌细胞的扩散和转移。医生说，五天后看细胞化验结果。

来此住院的病人家属都是脸带忧郁、痛苦或无奈之色，唯有她，仿佛没事一样，无忧无虑，爱说爱笑。

别的病人手术后，家属一直陪护到出院。她呢，手术后的第二天，就让丈夫回去上班，她一个人躺在病床上打针吃药。她要起床上卫生间，旁人要扶她，她坚决阻止，不用不用。她两手撑床，让上身慢慢地，一点点地坐起，伤口疼得她龇牙咧嘴，眉头紧皱。回来后，又慢慢地一点点地让自己躺下，然后长吁一口气。

我们很佩服她的乐观、自信和坚强，她笑得更开心。

她带来的衣物很齐全，装满了两个大包裹。刚来住院的人，她向人家提供纸巾，一次性塑料杯，给陪护人员提供充气枕头，找医院领取陪护床，告诉人家怎么用微波炉。

医生叮嘱邻床下午检查身体，刚到两点半，她就喊醒睡熟了的陪护人员，提醒他们赶紧去排队检查。晚上，吊针打完了，她及时提醒对方，帮对方喊护士过来换药。

又来了一位八十五岁的老人，刚动了手术，神志恍恍惚惚，她和老人的子女一起，大声喊着："妈妈，我也喊你妈妈，你的手术很成功，很快就会好了。"

病房里所有人都被她感染了，有她在，安心自在，大家觉得像一家人一样的亲热温暖。

她说，年轻时，很上进，名利得失，很在意，很计较。两年前，当她知道自己患有癌症，才懂得，身份名利如浮云。她回归生命的本真，做自己喜欢做的事，旅游、做义工，体味生命每一天的美好，平安地度过了一天又一天，她心里时时充满感激。

我们都说，像你这样乐观、自信、善良的人，一定会是良性的。她又笑了，我也是这样想的，不过如果这次是癌细胞转移，也会听从上天的安排，没有遗憾，带着感恩的心离开。

手术的第四天，晚上她回家休息。病房里，突然觉得异常冷静，风吹得门窗嘭嘭地响，医院里特有的氛围，隐隐令人不安，有几个人没睡好。

第二天，她来了，说，如果我在这里，你们一定会睡得好，因为我会保护你们，她又笑了。

的确如此，只要她在，她身上散发出的正能量，让大家心有依赖，放心安稳睡去。

医生化验结果单出来了，良性。她双手接过，啊，果然是良性。她喊一句，感谢上天，跪倒在床上，抱着床单哭泣。

大家的眼睛也都湿润了。

医生说，你可以出院了。她迅速收拾好衣物，整整两大包裹，走过门边，对大家说，我还会回来看你们的。

好啊，大家目送她出去，每个人都笑着，眼里湿亮亮的。

# 且行，且拂尘

几天前的一个上午，我买好菜回到停车区，见一妇女把车停在我出来的路口，我说道："你这样停车，我怎么出来呢？"

她回道："你好点说不行吗？"

我一愣："我没有好点说吗？"

"是的。你说'我怎么出来呢？'"

她模仿我的语气，在说"呢"字的时候声音加重了点儿。

我听出来了，这个"呢"字有咄咄逼人的语气和语调。可是，千真万确，我说话的时候，是心平气和的，而且声音也不高。但是这种语气和语调，让人听了不舒服，无形之间就增了我的恶业。

是什么造成我的语气呢？回来的路上，我一直在思考着这个问题。我在想，我咄咄逼人的语气，与我的职业有关吧。做了十多年的教师了，师道尊严，在学生面前，习惯了教训的语气，威严的表情。很多第一次打交道的人，会对我说，你是老师吧，好像在对你的学生说话呢。

这种咄咄逼人的语气语调，根深蒂固似的，总在我有意和无意间流露，我知道我灵魂中的劣根有多深。

从某种程度上讲，环境越优越，享受自身福报的同时，越容易受习气的熏染，离本心就会越来越远。所以说，处在尊位容易滋长傲慢心。离开讲台，来到机关单位工作后，我亲眼看到一些机关干部颐指气使的神态、命令似的语气，令人生畏，可悲的是当事人并未意识到，自己的傲慢已经给自己造成了多深的恶业。

孔子曰，"吾日三省吾身"，所以不管身在何处，起心动念间，时时警惕，看自己的言行是否对他人造成无形的伤害，然后找出原因，及时调整心态，让心回归平静淡定从容。

生活中，也有一些人，身处尊位，他们的语气语调非常平和谦虚。他们的美好，能带给人温暖和感动，如同窗台之灯，能点亮人心阴暗之处。

见贤思齐焉，生命就是一个不断修行的过程，但愿能不断拂下心尘，慢慢修炼成一枝花。

# 记住四个字，让你改变人生

朋友说："记住四个字，让你改变人生。"

"真的？哪四个字？"

"忏悔，感恩。"

"嗯。"

"荷儿，你是了解我的，我的性格很不好，脾气大，性子躁，容易和身边的人争吵，于人于己都不利，我早就意识到了。"

"我，不仅仅我，很多人和你一样，都是凡夫俗子，都有缺点，只是程度不同而已，所以我们都要修炼。"

以前，我总是看不惯别人，心生不满，背后也喜欢说长论短。现在，我常念忏悔，感恩。因为正如你说的，我们都是凡人，都是不完美的，应该多宽容多帮助。感恩身边的人和物，让我看到不满的地方，及时发现自身的缺陷，及时更正改过。

以前，工作上有不如意的地方，我就会发牢骚、使性子，甚至有职业倦怠。真是忏悔啊，我们的工作大多数是自己十年寒窗苦读得来的，不容易呢，应该珍惜岗位，认真工作。发牢骚一定是自身的忍耐力不够，或者天性懒惰所致。所以，感恩工作，能维持生计，还能反观自身，找出缺点，及时改正。

以前，我总是生气孩子不听话。忏悔！一切外境都是自性的表现，身边亲人的毛病，如同一面镜子，可以反观自身，都是自身的毛病。所以，责怪孩子之前，先反省自己是否做得很好，只有自己做得好了，孩子也就听话了。

"荷儿，真的，忏悔，感恩，这四个字，仿佛有股魔力，当我念一遍的时候，我就会静下心来从自身找原因，然后反省自己，鞭策自己。感恩这些烦恼，让我们知道自己的境界有多差。这样做了之后，我的生活真的改变了，这几个月几乎没发过脾气，也从来没和别人争吵过，心境越来越平静，与身边人的关系越来越和睦，原来幸福人生就是这么简单。"

我随喜赞叹，祝贺朋友。我们都是凡人，都是有缺陷的，上帝派我们来世走一趟，都是用种种方式方法磨炼我们成就我们的。朋友说的道理我都懂，但是这些道理，被朋友再一次提醒，又在我心里添加了一次正能量的种子。智慧，就是这样，无论重复多少次，永远受益。

遇到这样的朋友，何其幸运！让我们一起忏悔、感恩吧。

# 在一棵树下工作

我看到它时，正是春天，一副恹恹的样子，在走廊的尽头。

刹那间，闪过一个念头，我想陪伴它。

我用全部的力气，迅速地把它抬到自己的办公室，开始了生平第一次饲养花木。

同事说，它是幸福树，记得浇水就行。

整个春天，我陪伴在它身旁，学会了观察树根树叶，学会了适时适量浇水。白天，把这棵树移至窗前，让它更好地接触阳光空气。用脸盆盛水，洗去叶面灰尘，一片一片，动作细致轻柔。

渐渐地，树叶变得滑亮润泽，精神十足。

不久，夏天到了，奇迹出现了，树的顶端发芽，冒出了新的枝叶，迅速生长，叶片比原来的大而亮。顶端又不断冒出，生长，生长，直到初秋，树快长到楼顶了。它给了我们一个夏天的惊喜。

从春天到冬天，第一次这么长时间地陪伴一棵树，它呼出的氧气给我，我呼出的二氧化碳给它。万物有灵，我相信，我每天的凝望，适量的浇水，它能感应到的。它一身的绿意盎然、生机勃勃让我心情愈来愈清爽、愉快。

客来，首先映入眼帘的，就是这棵树了。客人会惊呼，好大一棵树！大树底下好乘凉啊！随即疑问，是不是真树？我们听了，呵呵地开心大笑。

在树的面前，人的心情总是安然而喜悦的。

有时，我带着情绪去工作，牢骚、不耐烦、无名之火……事后，平静下来，就会后悔。

而树，不管人们怎样赞美，不管我的情绪如何，它总是以舒展的姿态，默默伫立，淡定、平和。

对照这棵树，反观自心，它传递出来的秉性、修为和智慧，让我惭愧。人要达到树的境界，就要修炼一颗平静心。在这个物质欲望膨胀的时代，面对身心的无常变化，念头的起起伏伏，必须时时维持心的平衡，将自己的内心从陷入谷底或摇摆不定的状态，带往平稳、祥和，回归平静，这是我们毕生的修为和人生的终极目标。

树的确是一位先哲，没有语言，但传递出来的智慧、平静，给人启发。

不知道，与这棵树还能相伴多久；也不知道，在这棵树下，能学习精进多少。但不管怎样，只要还陪伴在一起，我就会珍惜、善待、学习、精进。用定力，一点一滴修行，一步一步往生命的深、远、通透走去。

# 四季花开

　　一个冬日融融的下午，在校园中心的花池里，遇到了这位种花的老头。他正在用锄头在花树下挖坑。锄头下去，又密又深的枯草被翻转过来，露出深褐色的泥土，空气里飘荡着丝丝干土的清香，我忍不住停下了脚步。

　　他年过花甲，头发花白，穿着很朴素。但也许受了花草树木的滋润，他的举手投足间自然有种仙气。

　　"师傅，为什么要挖坑呢？"望着一个个新挖的小坑，我好奇地问道。

　　"填肥。这土质不好，添点儿肥，明年花就开得更艳。"他一边说，一边在一丛月季花下挖坑。

　　我第一次见到这丛月季花，是在春天。那时，我被它夺人心魄的美震撼住了。拇指般大小的花朵，高高低低、星星点点地缀在枝头；它纤细的叶子呈现墨绿色，正好衬托得花朵红得浓烈而有内涵。

　　花丛中央，装有霓虹灯。傍晚时分，在霓虹灯光的辉映下，星星点点、疏朗有致的花朵愈加地俏丽多姿；有了花朵的衬托，霓虹灯也焕发出一种奇异的梦幻般的美，这简直是自然与人工的绝妙结合。

这一丛花似乎有着无穷尽的力量，花不断地开，不断地落，再不断地开。从春天到秋天，再到寒冷的冬天，她的枝叶都已憔悴萧条了，但还执着地开着几朵花。

"月季花这样美，又四季开花，为什么不在校园里多种点儿呢？"

老花工放下了锄头，指着各处对我说："每个地方都有适合自己的植物。你看，教学楼间就要种上参天大树。这样，夏季阴凉，是学习的最佳境地。冬天没了树叶，但裸露的树枝也是一种美，一种点缀，同样是读书的好境地。校园中心的广场，就要开几片花圃，这样既美观，又视野开阔；大路两边适合整齐划一的女贞树，如果种上月季花，它随意伸展的荆棘就有凌乱散漫之嫌了。"环顾校园，的确如他所言，高楼与大树互为辉映，矮树与花丛错落有致。几片花圃，也形状不一，有的心形，有的菱形，有的椭圆形。大路两边的女贞树丛，也根据不同的颜色，用"S"来显示其变化多姿。可以说，几乎每一个细节，都颇具匠心。

"每个季节也有适合自己的花。你看，秋冬的菊花就远比月季花绚烂。所以，花圃里要种上各个季节的花。"

再次观察这丛月季花，不知是在苍茫枯黄的背景下，还是月季树叶的萧条，几朵参差的月季花的确比菊花逊色多了。看来，寸有所长，尺有所短，纵是四季花开，终不能占尽风光。

侍花弄草，也是一门学问。一个优秀的园工会根据各种花树的秉性，安排适合他们的位置，并创造良好环境，使物各尽所长，各显其能。如此，整个校园当然会欣欣向荣，四季如春了。

# 至味只在淡，本心唯在清

十月的江南，秋味正浓，各种菜蔬已在尽情袒露这个季节特有的本色。

许多个阳光明媚的晌午，我在厨房里细细地拾掇着各种菜蔬。四围很静，阳光很好地从敞开着的窗户照进来，在厨房里投下一片静谧。窗台上攀援着丝瓜藤，几片斑驳的叶间，兀自撑开几朵黄得很纯粹的丝瓜花。对面楼房墙壁上，也反射出大片金黄，整个空中，都洋溢着幽深绵远的秋天气息。

捏在手里的豆角，完全没有了春夏豆角的长、青和水分充足。它短小精悍，饱满鼓胀，微微泛出紫色。一节一节掐断时，也不会发出脆脆之声，而是不断地牵连起缝间茎。有时，撕下缝间茎，豆角会自然张开，露出肚里浅紫嫩生生的豆角籽。这些豆角籽和着豆角一起炒熟，香喷喷地永远也吃不厌。而今，由于化肥及引种的缘故，许多菜蔬已失去了本来的味道。但秋季豆角，味道很纯正，永远和儿时的一样。在我看来，这应是秋天赠给我们最美的佳肴。

秋季茄子绵柔酥软，最好红烧。把去蒂的茄子横向切成三厘米长的圆柱形，每个圆柱形又被纵向切成约一厘米厚的块状，于水盘中氽几分钟，捞起一一排好在米筛中，置窗台上于秋阳中晾干。等茄子有点发蔫了，倒入烧热的油锅里，像煎鱼块一般烧一两分钟。翻炒下，又煎上一两分钟。然后加上炒好的青椒，洒几点豆豉，泼几点水就行了。茄子上桌，茄香四溢。油淋淋的茄子在青椒的衬托下，软绵皱松，紫黑亮光，十分诱人。如今饭店里的炒家常茄子与茄子煲，味道不是太淡就是太浓，都失却了茄子的天然之味。

辣椒也回归原味了。短促，只有拇指般大小，摊在厨房里玲珑得可爱，十天半个月也不会腐烂。饱满晶莹的红辣椒，剁碎了加点豆豉，可以做成又甜又辣的辣椒酱。当然，在辣椒酱里加上炸干了的鸡丁、鱼、豆腐，又可以做成辣子鸡、辣子鱼和辣子豆腐。

十月，也是做豆腐乳的好时节。选些豆腐，摊开在稻草梗上，五六天时间，豆腐表面就有了几抹黄霉，厨房里也弥漫着香味。待到青霉一起，立即切成方块，于白酒中翻个身，再浇上炒过的盐与辣椒灰，收入坛中，淋上茶油，豆腐乳就做成了。再过一周，揭开坛盖，清香扑鼻，挑入碗里，黄澄澄、嫩生生，也是人间美味。

味道永远不变的，还有红薯。以前，我只见过白心或红黄心的红薯，记得儿时的村里，只要是晴天，家家户户都把红薯刨成薄片，排开在晒谷场里摊开的稻草上，晒干了做成白薯干；或蒸得半熟，也刨成片，晒干成了青薯片；也有蒸熟了，切成厚片，晒干了又蒸，蒸熟了再晒，反复几次，做成了味道最甜美的薯枣。在物质贫乏的年代，这些薯片可供我们半年的零食。而今，又出现了一种紫色的红薯，更香更甜。把红薯剁成块状掺入几粒米熬成粥，喝几口热乎乎的薯粥，夹一点自个儿做的豆腐乳，仿佛又回到了童年的时光。

当然，我的厨房里还时常有这个季节特有的板栗、糯米玉米棒、淀粉多的冬瓜南瓜、各种时令叶子菜等，它们都散发着这个季节最本质的味道。

明代陈继儒在《养生肤语》中讲："日常所养，一赖五味，若过多偏胜，则五脏偏重，不唯不得养，且以伐矣。试以真味尝之，如五谷，如菽麦，如瓜果，味皆淡，此可见天地养人之本意，至味皆在淡中。"

至味，也就是本质之味也。这样的本质之味，不仅养着我们的身，也恩养着我们的心，让我们的心干干净净，平平和和。至味只在淡，本心唯在清。清净，才是人生最幸福和最高的境界。而我，每天又能于工作外，持这颗清净平和的心，待在厨房里，沐浴着秋阳清风，做味道最本质的菜肴，连时光也在一种平淡清静中一点一滴流过，这真是上天对我的恩赐。当各种菜肴依次上桌，我的厨房和整个餐厅里便飘满了各种香味。此时，仿佛觉得，整个秋天都沉浸在一种淳朴厚实里。

# 做"长发"女人

拥有长发的女人何其有幸!

最好是乌亮黑直、长及腰际的那种。整整齐齐地在阳光下像一面镜子,低头蹙眉间,根根青丝如瀑般飘于胸前,信首轻轻一甩,缕缕秀发又柔顺地垂挂腰间。拥有长发的女子,无论是夏季着长裙,冬季披风衣,都有长裙飘飘,长发飘飘,袅袅婷婷的独到韵致。

世间女子风情万种,天下男人似乎都对"长发"情有独钟。小说中的标准美女大都发似浓墨,肤如凝脂。似乎有了这两样的女子身材五官便也差不到哪里去了。台湾作家琦君在《髻》中就写过,女人披着头发美得跟葡萄仙子一样。她父亲带回来的姨娘"皮肤好白好细,一头如云的柔鬒比母亲的还要乌,还要亮……洗完头一个丫头在旁边用一把粉红色大羽毛扇轻轻地扇着,轻柔的发丝飘散开来,飘得人有一股软绵绵的感觉。父亲坐在紫檀木床上,端着烟筒噗噗地抽着,不时偏过头来看她,眼神里全是笑"。

很多拥有长发的女人却并不拥有"长发"心思,而幸福的爱情常常青睐那些有着"长发"心思的女人。总记起不久前的湖南卫视播出的《玫瑰之约》的情景：男方只有一位，文武双全，绝顶的帅哥。女方三位，都是长发才女（广播电视报的记者）。这位白马王子的玫瑰，落入谁家，就由五轮才艺大赛决定。

前面的四轮角逐中，三位女士各显身手，都表现了非凡的口才与智慧，难分高下。最后一轮的决赛中，第一位女子声情并茂唱了一首流行歌。第二位女子奋袖出臂，写了一个大大的毛笔字"鹰"，赢得了观众的掌声。第三位女子的出场出人意料：她很端庄地坐在一面镜子前"当窗理云鬓，对镜贴花黄"。她梳着乌油油的头发柔声问那位白马王子："头发怎么样啊？"

"有点直（痴）有点卷（眷）。"

她又坐正身子，对着镜子旁一个油光可鉴的发髻，照照镜子，又柔声问道："圆吗？"

"很圆很圆。"

她要求他帮忙共同把发夹别在髻上，笑着问他："美吗？"
"很美很美。"

此情此景，观众们才明白了那对话的弦外之音，明白了这位女士的"长发"心思。一位嘉宾在台上台下的如雷喝彩声中大声喊道："这才是男人梦寐以求的最佳伴侣啊！"果然，这位女士获得了白马王子的鲜花。

有"长发"心思的女人，不一定极美，但她必定聪慧、柔媚、有情趣。她必须有"杏花春雨江南"般的细腻，又有着"映日荷花别样红"般的明媚，有着"梧桐更兼细雨，这次第，怎一个愁字了得"般的缠绵，令人身心痴迷、怜爱、流连忘返。说穿了就是一种狐媚，一种姿态，一种奇异的灵幻之美，是一种温柔的暗器，嗜杀才子美男。难怪柏杨先生大发感慨：出门前，要一小时地等着在镜子前的太太，这个男人是很幸福的。

黑白就曾写过："我爱极了那些狐狸变成的美女，善良悲悯、美丽聪慧。比如婴宁、聂小倩……许多出类拔萃的才女身上都有这种狐媚，你从杜拉斯伍尔夫或张爱玲、席慕蓉的文字里也是可以看到一丝狐媚之相，嗅到一缕妖巫之气。对此我没有办法解释，我只能说，她们是狐狸变的，是前世狐狸精投胎到今生，是不食人间烟火的精灵。"

# 不美的女生

在明净的教室里，站在讲台上，一眼扫过去，吸引眼球的往往是那几位亮丽的女生。她们得天独厚、姿态各妍的容貌常令人赏心悦目、流连忘返。

我的几个男同事在办公室交流心得时说："在漂亮女生多的班级上课，简直是一种享受，即使是精神状态不佳的情况下，也会灵感大发，超常发挥。"且不管那女孩是聪明勤奋型的，还是愚蠢懒惰型的，只要是美丽的，今生就注定有了坐享其成的财富。

是的，没有人注意那些不美的女生，她们就像河滩上堆积的多得数不清鹅卵石一般平淡无奇，遭人漠视和遗弃。如果再加上她智商平平成绩一般，一个学期过去了，路上再碰到她们，很多老师觉得她们是陌生人。

一位长得不丑的女友曾坦率地对我说："我无法想象那些长得丑陋的女人，她们如何面对现实活下去。如果是我，就选择自杀。"言辞间的庆幸与悲天悯人倒也道出女人的辛酸与无奈。

一次，在一篇文章里看到这样的内容：害怕生女孩，因为不能保证她一生的幸福，担心她的身段容貌的不美而受到轻视，假如她的容貌奇丑无比却偏偏又聪明又善良，那就注定了她的一生将多么痛苦。

读到这句话的时候，心便隐隐作痛了。

班上就有这样一位女生，平板的五官、矮胖的身材，没有光泽的眼睛里常流露出丝丝忧郁，塌而微上翘的鼻子透出憨厚与质朴。课堂上，她听课的专注常令我惶惶然，生怕一个字表达得不到位或者语言的不流畅而被她听出来，以至破坏她的感觉。当别的同学踊跃发言时，她也怯怯地举手，随即是细细的声音。羞涩的笑容绽放在她不美的脸上，有种怪怪的感觉。

课余，教室里、阅览室里常看到她默默勤奋学习的身影。尽管这样，她的学习成绩并不拔尖。一次，我当着全班同学面表扬了她，大家欢呼起来了，没有想到在同学们的心目中，她是本班的学习泰斗。

就是这样一位勤奋善良女生，我们可以想象她在很多领域里的无可奈何和受到的伤害。

学校举行重大活动到各班选的礼仪小姐、舞蹈演员、电视节目主持人，代表学校及各班的形象大使，这些令人艳羡的词儿只能让她望洋兴叹。自卑感一次次地把她推向痛苦的深渊。

一次，老天似乎开眼了，班上最帅的男生主动接近她了。他常常捧着书本装模作样地向她请教问题，他一定是仰慕她的勤奋与善良了。女孩被这突如其来的幸福冲昏了头了，她与他交流时的那种抑制不住的笑容漾开在她朴实的脸上。而那男孩，是那种到处想展示他魅力的人，女孩的一笑一颦满足了男孩自以为是的虚荣心。

学生的这种不能称为早恋现象的朦胧情感，为人师的早已司空见惯了，但仍不免有一丝淡淡的担忧流于心间。想劝止他们，可他们正常的异性间的交往也无可厚非，更何况，有时候，外力的作用只会更增加内力相吸的作用。

夏天在经历了火热后很快就进入了深秋，不出我所料，女孩受到了伤害，陷入了生命的低谷。这时候，我跟她谈任何关于情感方面的问题都会伤其自尊，因为那只能是她内心的秘密，她根本就认为语文老师对此一无所知。当她不想公布她的秘密求救于教师时，我们只能密切地关注她，由她自己解开心结。

春天到来的时候，她已从痛苦的泥泞中破茧而出，像一只五彩飞蝶在书海中自由飞翔，从她的作文中反映了她思想的飞跃。在一次作文比赛中，她获得了全校一等奖。

在明净的教室里，站在讲台上，一眼扫过去，令我敬畏的是那些外表不美但勤劳善良的女生，她们所受到的伤害和将要受到的伤害令心沉重。但谁能否定，今天那些事业上成功的女强人、德高望重的女学者、贤能的女内助，不就是昔日不美的女生吗？

她们的外表不是很美，但气质内涵令人折服。

# 让女人美丽的根本原因

　　读到毕淑敏的文章《让女人丑陋的根本原因》，很有同感。

　　文中叙述作者的一个多年未见、面目清秀的朋友，再见时吓了一跳，她的面目已变形了，不仅老了也变丑了。原因是她的婚姻不幸，又没办法离婚，她一直在悔恨煎熬中生活。而怨恨和内疚除了让女人丑陋外，就是带来疾病。

　　这个朋友也是一位洞见犀利的女人，她说，一个不幸福的女人是挂相的，少女时代，大都是天真烂漫的，但是中年妇女，就能看出幸福和不幸福两大阵营，到了老年，基本上就分为两类，一种慈祥的，一种是狞恶的，而且，长寿的，都是慈祥的。

　　作者借朋友的心得，告诉大家一个道理：为了不得病，为了不变丑，人们只有更多地让爱意充满心扉。

　　从这个结论，我们也可以说，让女人美丽的根本原因，是宽容、隐忍、和善，让爱意充满心扉。

　　人在世上走一趟，都要面对生老病死，幸福与不幸只是相对而言。拥有幸福婚姻的女人，如果心量狭小，唯我独尊，不可一世，她也是丑陋的。而婚姻不幸的女人，如能隐忍、慈悲、感恩，她必定是美丽而受人尊敬的。

想起"蚌病成珠"这个成语。有一天，一颗尖硬的小石子突然掉进河蚌柔软的身体里，那石子尖利如刀，把可怜的河蚌折磨得昼夜难眠，以泪洗面。河蚌并没有拒绝和逃避痛苦，而是用自己的宽容把它变得光洁润滑。河蚌经年的泪珠最终孕育出璀璨的珍珠。这个成语也告诉我们，生活中，只要我们正确对待坎坷磨难痛苦，这些坎坷磨难痛苦就会成为我们美丽人生的一笔宝贵财富。

文中叙述的那个女人，面对不幸的婚姻，如能不怨恨、不计较、不生气，能够在磨难里永葆一颗爱心，在冰天里捂一襟温暖，这才是人生的高度和生命的厚度。

古时候有一句谚语说：有心无相，相随心生；有相无心，相随心灭。这句话说明：一个人的相貌是会随着他的心念善恶而改变的。纵使他现在已经有了凶恶的面相，可是他却经常起慈悲心，那凶相不久便会转化为吉相。

常常记得村里那位老人，丈夫懦弱无能，好吃懒做，唯一的儿子弱智。但她心境平和，从不埋怨和悔恨。她用勤劳和智慧操持着这个家，家里虽然穷点，但她赢得了村里人的尊敬和爱戴，在人们心目中，她是美丽而智慧的。

聪明的读者，您也应该把握到美丽的要诀了。柔顺，不生气，不计较，谦虚有礼，随喜赞叹，让心平和，让面容慈祥美丽，这也是每个女人毕生的修为。

# 第三辑
## 吾心安处，便是故乡

长久地，坐在屋前
看故乡的风
吹过树木，吹过田野
吹过手背上的茸毛
时光静止
尘世，亦远，亦近

# 村前的坟

在我的家乡，人过世后就葬在村前屋后的自留地或山坡上。比如我们村，祖先的坟就在村前。

从我记事起，坟就是那样。一排长方形土堆，从东到西，整齐有序。坟旁，一丛密密的竹林，几棵高大的樟树。

靠东边的几座坟，是祖宗的祖宗，年代久了，坟堆渐渐成了平地。春天，地面上绿草如茵，无数不知名的花儿点缀其中。孩子们围在周围拔猪草、玩耍，甚至翻筋斗，没人惧怕这是坟，大人们见了，也不阻拦。

是自己的子孙，祖宗清楚，会原谅，也会保佑的。到了秋天，地面的杂草杂花又被大人清除得干干净净。

家乡并不流行清明节，祭祀祖先盛行中元节和正月初一的拜地年。新年拜年，是有规矩的，初一的仔（儿子），初二的郎（女婿），初三初四拜姨娘（阿姨）。初一大清早，先向父母拜年，大人孩子一桌人围在一起，喝茶吃糖果，再兄弟邻里之间相互拜年。

午饭一过，大人孩子提了酒壶，带了纸钱、香烛、鞭炮，去村前坟墓拜地年。香烛点燃，纸钱烧起，大人带着孩子一边作揖，一边念念有词，保佑孩子平安、健康、聪明，会读书，将来有出息。

然后点燃鞭炮，拜完地年。大年初一下午，各村的鞭炮声此起彼伏，回响在家乡空旷的田野里，空气里年味气息，愈来愈浓郁。

村前有祖宗的坟在，白天黑夜，屋里屋外，人们就觉得踏实安稳。

白天，去地里干活，去池塘洗衣浆衫，举头回眸间，坟就映在眼里，眼里就有了柔意。老祖宗，看看，今年的年成真是好哎，庄稼、猪，真是还债。子女也出息了，在城里赚钱，你们要是还在，多享福呢。对了，还有，孩子该结婚了，你要保佑他找个好媳妇，明年要是能让我抱上孙子就好了。

一边做事，一边念着，事做完了，话还没说完呢。

夜晚，劳累一天的人们沉沉睡去，村庄在夜幕的掩映下，也渐渐入了梦乡。庄稼在祖先的坟旁，安静地呼吸、生长。第二天，村人早早地起床，树、庄稼、家畜等都好好地在，精神焕发的村人，又开始了新一天的劳作。

人要外出打工，几天几个月甚至几年不回，坟墓和村庄一直在那里守候，守候，直到外出的人回来。回来的人，远远地就会看到村前的大树，竹林。一步步走近，村庄出现了，村前的坟也出现了……在外流浪的人，就像看到天底下最亲的亲人，放松，温暖，安心。

村前的坟，就这样，守护着村庄，守护着村人，守护着田里土里的庄稼。

生前有祖宗护佑，死后有子孙祭祀，人们敬畏自然，敬畏生命，敬畏神灵。活着，就该好好活着，严谨，自律，有担当，有责任，让祖先欣慰，让子孙自豪。勤劳，本分，朴实，坚韧，是我们这个村村民的特征。

村里的人，渐渐地，一个一个老了。叶落归根，葬在自己劳作过的土地上，和祖宗们一起，踏实、安宁。死，并不可怕，也是一种回家，是以另外一种方式活在村里，活在后代们的心中。

这些年，乡村旧貌换新颜，装修华美的三层小洋楼，一座接一座。富裕起来的村民，没有忘记村头屋后的坟。他们用水泥花岗岩把坟墓装饰一新。在四围庄稼的映衬下，显得整洁、美观。

村前的坟成为乡村一道独特的风景，是乡村不可或缺的一部分，也是村人游子心中的根。

# 七月半

　　进入农历七月，太阳不再火辣辣的了，云层厚重了，雨点也洒得多了，天也就在不知不觉间凉了。记忆中的奶奶总是坐在堂屋里，一把蒲扇轻轻地拍着大腿："太公太婆从阴间到人间来了呀，天当然要凉喽。"说着，慈祥的面容就有了严肃，若有所思的表情里溢着她与亲人们团聚时的欣慰和温馨。我们不懂七月半的含义，但从奶奶的表情里，小小的心灵里也就充满了对节日的憧憬和向往。

　　天一凉，空气中就凝聚着一种庄严肃穆的气氛。无形间，人们的神态和行为自觉不自觉地虔诚起来了。大家用门板在收拾得整洁的老堂屋里架好供桌，把按辈分写有太公太婆名字的木牌放在神龛上。伙伴们有事没事都要跑到老堂屋里，好奇地看着这些，不停地向奶奶问这问那。最令我们欢欣的是，家家户户除了准备好香火、鞭炮、纸钱等用品外，还有各种各样我们喜爱吃的糖果。但大人们说，要给太公太婆先吃的，如果你先吃了，对太公太婆就没有孝心了呀。于是，我们只好忍着，盼望着七月半早点到来。

　　到七月十一的傍晚，全村的大人小孩都站在村头迎接太公太婆。震耳的鞭炮声从村头一直响到老堂屋里，伯母婶子们用四方木盘装着九碟糖果摆放于供桌上，再点上蜡烛，燃上高香。在长辈们的带领下，我们一一鞠躬许愿。然后大家围聚在奶奶身边，亲热地聊着家常，仿佛太公太婆真的坐在供桌前慈祥地望着大家，仿佛平日里日思夜想的亲人就在眼前端详着自己。在大人们的感染下，伙伴们也收敛规矩了许多，整个村子都沉浸在祥和肃穆的氛围中。祭祀完后，我们总能得到大人们赏给我们的糖果。

从十二日早餐开始，各家轮流祭饭，晚上再一起祭果品，节日的气氛一直延续到十五日。大人们告诫我们，这四天，不要随便出家门，在路上行走要小心，千万不要被鬼撞到。看到蛇蛙蝶鸟绝对不能打死，甚至还得恭敬祭拜，大人说这些东西极有可能是祖先变的。小孩子还会被大人教育不要坐在门槛上或靠在大门边，以免挡住太公太婆进出的道路。

祭饭时，把两张八仙桌并成一张大桌，摆上十个菜，荤菜和素菜分开，因为有的太公太婆吃素。然后点上油灯，敲三下钟，让先祖们享用。大人告诫孩子站在旁边，毕恭毕敬，不许吵闹、不许多说话。酒过三巡后，把酒洒向地下，再盛饭，此时倒酒装饭动作要谨慎，千万不能碰到或移动凳子，这是对祖先大不敬。祭祀完了，人们才把饭菜带回家享用。因为祖先们用过了，大家都说饭菜的味道淡了。但大人说，太公太婆们吃过的东西，小孩子吃了不会肚子痛。

七月十五这天，太公太婆们要回去了，全村的人又忙碌开了。置办中午的祭饭，把糯米磨成粉，做成糯米团以祭祀。记忆中母亲总是把糯米粉一点点地捏成各种小动物的样子，在动物的眼睛里放上黑豆,栩栩如生,惟妙惟肖。蒸熟的糯米团摆在供桌上,总能得到全村人的赞赏。那时候,我跟在心灵手巧的母亲后面,心里有说不出的自豪。吃不完的糯米团,母亲就把它们炸得香喷喷的,可以充当我们几天的零食。

晚上,村里人都聚在村头,烧纸钱、放鞭炮送太公太婆。伙伴们在晒谷场上追逐嬉戏玩耍,直到纸钱烧完,各家大人催得紧,我们才恋恋不舍地回家。

如今,我们长大了,当我们真正懂得七月半的涵义时,奶奶却离开我们多年了,不久,母亲也匆匆地走了,七月半里再也见不到奶奶慈祥的面容,吃不到母亲可爱的动物糯米团了。奶奶和母亲又成了我们祭祀的对象,时间似乎在和我们开着大大的玩笑。

光阴去得匆匆,太匆匆!

今日天真嬉闹的孩子们就如同昨日的我们,而今日的前辈明日又在哪里呢?望着神龛木牌上一个个新添的名字,心情是难言的沉重。

生命到底是怎么回事呢?我们长大了,蓦然回首,却发现身边的亲人一个一个地少了,生命的过程仿佛就是在经历一个一个亲人离去的痛苦过程。

于是我们想念亲人,我们需要这样的一个节日寻求内心的慰藉。

而在这样的节日中,我们会比平时更多地注意到父辈们的身体状况一年不如一年。我们会在他们专心致志敲打纸钱时发现他们的动作不再有了往年的干脆利落;在他们专注虔诚地用木条小心翼翼地掀松纸钱包下的稻草时,意识到他们沧桑的脸和不再矫健的身躯。于是，我们在称呼他们时声音便温柔了许多，眼神里的关爱和担忧也多了。浓浓的亲情在孝心中酝酿，如同那晚夜深人静后弥漫在整个村子里及村子上空久久不肯离去的纸钱和着的稻草香。

# 河边的老樟树

河边的老樟树，有多老呢？

我的父辈祖辈都说，从见到它的时候，它就在那里，就那样老了。

三四人才能合抱的树干，树皮皲裂，青苔斑斑，还有孩子们刮下的瘢痕。树兜有个大洞，孩子们钻进树洞，从靠河边的洞口里出来。那里，水土流失，树根伸向空中，又成了他们玩单杠双杆的游乐场所。

背河这边的树根，沿着地表延伸，很远很远。有些露出地面，人们坐下休息，时间久了，成了光滑顺溜的木凳。

地面，疏朗地长些杂草，间有樟树叶，树籽。抬头，庞大的树冠，密密麻麻的枝叶，遮天蔽日，果真是大树底下好乘凉。

河这边，地势平坦，土壤肥沃，人口密集；河那边，山连着山，人烟稀少。河这边的人，撑船去河那边种田作土砍柴。

农忙时节，去河那边劳作的人，络绎不绝。渡船来来回回，一拨又一拨的人，聚在树下，等船，闲聊。国家大事，奇闻逸事，红白喜事，无所不谈，树下成了新闻发布会。有时，也会讲些笑话，彼此间开些玩笑，不时爆出笑声，这个时节，树下，是最热闹的。

从河那边回来的人，劳作了大半天，还挑着重重的担子，下了船，走过沙滩，一步一个深印。烈日炎炎下，汗从额上流到眼里，再一滴一滴落到沙上。还要爬上长长的坡，一步一步，艰难跋涉，跋涉，终于到树下，扔下担子，一屁股坐下，躺倒在树根上。幸福就是这么简单，放下担子，放下重负，能在阴凉的大树下休息。

樟树，成了人们身心的依靠和慰藉。

据说，树有了一米高就有了灵气。而上百年的老树，则成了精。的确，有人把树当成神了，初一十五，树下总有烧过纸钱的痕迹。人们在树下谈论它的时候，眼神是敬仰虔诚的。方圆百里，谁家有小儿夜里啼哭不止，就写来顺口溜张贴在树干上。"天皇皇，地皇皇，我家有个叫夜郎，过路君子念一念，一觉睡到大天亮。"来到树下的人，一念，即笑，来的人多，念的人也多，也不知道那孩子夜里还会不会啼哭。总之，树，成了人们的信仰和精神支柱。

每年端午节前后，是涨大水高峰时期。祖辈们说，如果河水漫过了树根，那么水就会进屋。记忆中，还从来没见过大水进屋。涨得最大的一次，村里人除了几个老人，都赶了猪牛，离开村子，到虎踞山上学校里过夜。第二天回家，一切安然。奶奶说，水进了村前的坪里，正欲进屋，就开始退了。村前还留下大水流过的痕迹，真是有惊无险。村里人说，是大树保佑了大家。

千年涞水悠悠，百年老树巍巍，多少春夏秋冬，多少风雨雷霆，彼此相守相望，护佑着这方百姓。在人们心目中，树已不是树，而是神。

　　如今，有多少年没去河边了，年轻人都去外地打工了，河那边的田土都已荒芜。机动船代替了渡船，几艘挖沙船把河边挖得面目全非。千年洣水，依旧悠悠，只是那棵老樟树，瘦了，更老了，伸向空中的树枝，有点荒凉寂寞。

　　也或许，树并不荒凉寂寞，境由心生，寂寞的是人心。而树早已惯看春花秋月，不管人气滋润与否，它一直守在这里，只是遵循着生命的规律，用它不变的姿势，完成一生的守候。

# 焦氏豆腐

真的，我再也没有吃到儿时家乡那样美味的豆腐了。

那是怎样一种美味呢？

印象里，吃得最多的是父亲的水煮豆腐。烹调很简单，把豆腐对角切成薄薄的三角形，放入加好盐辣椒面的沸水中，两三分钟后，放点葱酱油就可以了。

每一次，当饭菜上桌，父亲总是情不自禁地夹上一两块，在空中弹几下，那薄薄的豆腐顺势波浪式地动几下，并不断裂。父亲说，瞧，再怎么弹，也不会断裂，这就是焦氏豆腐，这才是真正的豆腐。然后他满含深情，放入口中，抿几下，一副陶醉的样子。我们迫不及待地，也夹上一两片豆腐，送入口中，只觉清嫩柔滑，一丝淡淡的清鲜，和着淡淡的香气滋润着我们的心。

美味的豆腐，来自邻村的一户焦姓人家，大家称作坊主为焦师傅。焦师傅三十五岁左右，高大微胖，四方脸，面容慈祥平和。他的母亲，爱做针线活，做一些布鞋绣花鞋，摆在门口，人们爱不释手，纷纷买去。

焦师傅遗传了母亲的心灵手巧，制作豆腐，颇有天分。在搞集体的年代，方圆几个村，只有焦师傅被允许做豆腐。当然，钱归公家，焦师傅做工一天，就记上一天的工分。

记得很多早晨，母亲要去河那边劳作，嘱咐我去买豆腐。我端了碗，走了很长的路，才来到焦师傅的家，他家已经围了一圈圈的人了。大家一个个伸长脖子，巴巴地等着焦师傅的豆腐。

家乡人有句俗话：世上有三苦，打铁挖土磨豆腐。由此可见，做豆腐绝不是轻巧活，程序繁琐，费时耗力，还有一定的技术含量。

制作豆腐，家乡人称为作豆腐。一个"作"字，用得妙趣横生。与作文的"作"字有异曲同工之妙，谋篇，布局，衔接，文字的打磨。而作豆腐呢，是要经历泡豆、磨豆、筛浆、熬浆、点浆、收浆、压榨等诸多程序，劳心费力，才有"作"好的豆腐。

旁观的人，也有去帮忙磨豆。一人用大勺子往磨眼里添豆子，两人推磨，得用上大半天时间。

焦师傅宽厚的身影，在作坊里转来转去。他将磨好的豆汁、豆渣用清水稀释后，盛入"包单"中，捶打搓揉，沥汁除渣。豆渣，也是一道佳肴。

焦师傅做这些，面容总是平静，心境非常平和，仿佛那不是干活，而是陶醉在一门艺术之中。那厚实的身影，那淡定的姿势，那娴熟的手法，和豆腐作坊融合得和谐自然，旁观的人默默伫立，看着也是一种享受。

然后烧浆，围着锅台边转悠。"煮月铛中滚雪花"，锅中白浪翻滚，室内豆香缭绕。那场景，如今想来，也是温馨甜香的呢。这时候，总有人，端了碗来，舀一勺香甜可口的豆浆给小孩吃。

熬好的豆浆倒入大缸里，开始点浆了，这是技术含量最高的程序。

每当此时，焦师傅就俯下身去，背弯成弧形，全神贯注，专心致志。他左手端着石膏磨成的卤水，右手执铁勺沾了卤水，在豆浆中划过去，再"汩汩"地来回搅拌，然后仔细端详，反复辨别。那豆脑随着水波翻滚而去，飘向远处，再沉下去，沉下去。他再划过去，划过去……所有人都静气屏声，目光集中在翻滚的豆浆上，集中在他手上，搅拌，观察，搅拌，观察，直到他直起身来，大家才长舒一口气。

最后是压榨豆腐，过上一两个时辰，水排尽，豆腐就出来了。在揭开纱包的刹那，热气氤氲，豆香盈鼻，滑如凝乳，嫩如奶酪，这就是"出匣宁愁方壁碎，忧羹常见白云飞"的豆腐呢。

围观的人群迅速挤上去，把碗举得高高的。焦师傅依旧面容和善，娴熟地揭包，放入各人的碗里。我挤不过人家，轮到我的时候，一锅豆腐早就卖完了。我只有站在那里再等，看师傅烧浆、点卤。陆陆续续地不断地有人来，等到新一轮豆腐出锅了，我还是没能挤上。等了两个多小时，母亲从河那边回来了，焦师傅不好意思笑笑，等的人实在多，没办法。不过，从那以后，焦师傅偶尔也会关照我，留两块豆腐放一边，待人走后，他就给我。

方圆人家都吃焦师傅的豆腐。因此，焦师傅在作坊里忙碌，从早到晚，日复一日，年复一年，如同作坊里那台石磨，吱呀呀地转，一圈又一圈，磨碎了豆瓣，也磨碎了春花秋月，磨老了他平淡单调的人生。

总觉得，一个人的心性与事物之间是讲究磁场和因缘的。那豆腐深深打上了焦师傅的烙印，浸润了他的禀性和气场，使得味道清淡慈柔，韵味悠长。而豆腐的味道和韵味又传给了方圆百姓。一方水土，养一方人；一份艺术，也滋润人生。在那个物质贫乏的年代，焦氏豆腐，满足了多少人的口福和食欲，也让人品尝到了一种恬淡平和，意味隽永的心境。

田地承包到户后，邻村陆续也有人做豆腐，但形状和味道远远比不上焦师傅的。人们还是愿意去焦师傅家买豆腐，直到焦师傅去世。

后来，不断地有人做豆腐，竞争大了，又掺假，豆腐的味道离本质越来越远了。

乡人每次夹上豆腐，都会怀念焦氏豆腐，怀念那个岁月。焦氏豆腐的美味，只存在那个特定的年代，人们的心底，人们记忆当中。

# 苎麻

　　在我的家乡，最普遍的农作物，当数苎麻了。村前屋后，田里坡上，到处都是。

　　苎麻为丛生半灌木，麻茎呈圆柱形，直立，一至两米高。叶互生，卵圆形，正面深绿色，背面有灰白色柔毛。近看，根根苎麻纤细高挑，疏朗有致；远看，苎麻密密麻麻，彷如绿色的海洋。风吹过去，苎麻叶翻过去一片白，再还原成绿色海洋，再翻过去，再复原，这是我眼里最常见到的景致。

　　村与村之间，因了苎麻的围绕，显得神秘又浪漫。等到苎麻收获后，彼此才真实地袒露在面前，原来近在咫尺。东村的呼儿声，西村的唤女声，清晰地传到耳里，亲切又温暖。

　　小时候，常常提了竹篓，和伙伴们钻进苎麻地里拔猪草。因苎麻的荫蔽，草又高又青又嫩，猪很爱吃。大多时候，我们在壕沟里玩捉迷藏的游戏。把手当作手枪，口里模仿枪击声，从这个壕沟追到那个壕沟，四处都是枪击声。

　　苎麻一年成熟三次，分别在初夏、初秋、冬至时节。每次收获，要花十天半个月工夫。打苎麻时节，人们早出晚归，其紧张、辛苦不亚于双抢。所以我的乡人，除了双抢外，还有打苎麻，辛劳程度远远超过别的地方。

打苎麻的工序主要有扯麻、浸麻、剥麻、漂洗、渍麻，成线的绞团、梳麻、上浆、纺织等十二道。村里人，只需扯麻、浸麻、剥麻、晒干后卖给商家或厂家，由他们再完成余下的工序。

我记得，小时候，天还没亮，四五点钟的样子，村头就响起了一阵阵的狗吠声，那是早起的乡人，趁着月光或摸黑去苎麻地打麻。我的乡人，他们大都是打苎麻的高手。左脚在前，右脚在后，弯腰，右手握住一根苎麻，左手相辅，在苎麻的一半高度，折断，耸开一个口子，右手食指进去，勾住一边苎麻皮，连同苎麻叶，向身后剥去，只听"哗"的一声，片片苎麻叶子飞向空中，再落在土里，苎麻上半身皮已分开成两片。然后左手握一边，右手勾住另一边，剥离苎麻骨头和剩下的苎麻叶。这样，一根接一根，千千万万根的苎麻，在不断的"哗哗"声里变成手里一片片的麻皮。他们动作娴熟，左右开弓，像"六一"儿童节时的一个舞蹈动作，但那舞蹈动作有点夸张，不像我的乡人，动作优美又逼真。劳动产生美，那时候有最深刻的感受。我的当教师的父亲，不但是打麻高手，也是讲故事笑话的高手，散在几块土里的人们，以他为中心，应和着，不断爆发的笑声，给劳作的人们增几分愉悦。他们身后的苎麻叶和苎麻骨头随意排列着，白花花一片，散发着苎麻的清香。那气息，亲切、温馨，早已渗入乡人的血液里。

早餐时间，乡人把打好的苎麻，一捆一捆，拖回家，浸在池塘里。饭后，在堂屋里，大树下，摆好几张麻凳。一人一头，两人共用一张麻凳，开始了一天时间的刮麻工序。他们右手握麻刀，拇指套竹筒，左手捏住一片苎麻皮，麻刀在七寸处，刮去褐色的表皮，集中一起的几片麻皮，倒过来，一起去掉头皮。几张麻凳上，"呱——呱——""切切切"，几种声音，先后发出，交织一起，掺和着大家的谈笑声，成了动听的交响乐曲。那个时候的乡村，那个时候的乡人，打苎麻的日子，是最辛劳的日子，也是最热闹的日子，村头村尾，充满了快活的空气。

刮麻也是讲究技巧的，用的是阴劲，力度松紧有度。用力过猛，麻纤维粘胶被刮去，刮成了一丝丝，不好看也可惜了。所以有力度的大男人，反不及女人。像我的堂姐，就是刮麻高手，她的麻又干净肉体又厚实，很起秤。

那时，我的堂伯母，总是采来新鲜的嫩苎麻叶，掺适量的粳米、糯米，加井水，于石臼中捣烂、黏合，做成青翠欲滴的饭团。再捏成小块，放在蒸笼里蒸熟，做成苎麻糍粑。刮麻的人们，每人尝几个，那滋味，又香又甜。

苎麻晒干后，就卖给商家，成了村里人们主要的经济来源。我们这些孩子们，也会跟在大人后面，剥下矮小的苎麻，也刮好晒干，换来的钱，大人给我们零用。

20世纪80年代中期，苎麻突然成了抢手货，价钱一路高涨，一斤苎麻由两元多涨到八元，比肉价还贵。不断有麻贩子到各村转悠，有人家囤积，也发了财。也有贼，半夜翻入人家二楼偷麻，或钻入苎麻地里打麻。几年间，村里人家，雨后春笋般，原来的土砖房，全部换成火砖房，甚至三层钢筋水泥楼房。

苎麻成了乡人的大救星，人们宝贝似的呵护它们。年尾，一担一担的泥土、马粪挑来，覆盖麻根，防冻又施肥。年头，立春不久，就扛上锄头散在苎麻地里，松土、锄草。烈日炎炎的夏季，家家户户的劳力，全部出动，清晨黄昏，挑来水桶，从池塘里一担一担挑往苎麻地里。池塘与苎麻地的路上，人来人往，络绎不绝，水滴溅在路上，立即晒干，留下斑驳的影子，不断地又有新的水滴洒在上面。人们彼此鼓劲，挑一天水，就是和老天爷抢钱呢。记得有一年夏季，天干旱，池塘里的水都被挑干了，望着长得不高的苎麻，乡人心里痛极了。

后来，物价上涨，苎麻却越来越跌，八元一斤的苎麻又跌到两元多，这期间，还有人家，存了几百上千斤的苎麻，期望价钱再次回升，但这个愿望最终一次次破灭了。方便，廉价却并不环保的各类化纤产品，将培植费用高、不够高产、没有多少赚头的苎麻生产项目废弃了。渐渐地，苎麻被人们淡忘了。但村前屋后的苎麻，依旧在发芽的季节发芽，在成熟的季节成熟，年年岁岁，岁岁年年。年轻一代的人大都出去打工，我的堂姐也早已嫁到外乡，八十九岁的堂伯母去年去世了，只有几户人家的老人，还在"呱嗒——呱嗒""切切切"地刮着苎麻，那声音单调、寂寞，说不出的荒凉，陪着苎麻走过大半辈子的老人，他们已经不在乎苎麻的价钱，他们刮的也不是苎麻了，而是过往的日子。

# 村里朴素的哲学

小时候，在村里听到一些话，觉得很有哲理。

比如这句"不做哪有吃"，村人时时挂在嘴上。子女偷懒贪玩，大人就用这句话训过去。村人劳累成疾，旁人劝他少做点，那人叹一声"唉，不做哪有吃，天上不会掉呀"。

唯有做，勤劳，苦干，才是硬道理。村人，一年四季，田里土里家里，陀螺似的转。一个一个，争先恐后，起早贪黑，彼此之间，铆足了劲。冬季，农闲时节，人们也比赛似的，去山里砍柴砍铁芒萁。年前，家家户户楼上，堆满了柴。

越是勤劳的人家，越受人尊敬。那些懒惰点的，人们看不起，就要嘲笑，"你家土里的草比蒜苗还高呢""睡到太阳照到肚脐上了，才起床"。

"多做好事，多积德，少造孽。"现在还记得奶奶经常讲的故事，从前有个外乡人问路，本地人故意恶作剧，告诉人家相反的方向。不久，那人因作孽而扭了脚，痛了半个月。"存好心，做好事""好有好报，恶有恶报"，外乡人过路讨碗水喝，村人热心让座，恭敬倒水。

村人之间，彼此有个头疼脑热的，大家都会问候呵护。

村人也不会忘记感恩"下辈子做牛做马也要报答您"。奶奶七十六岁那年，算命先生对她说，本来你没这么长寿，但你今世积德修福了，所以才活到今天。

乡人也时有矛盾，为一些鸡毛蒜皮的事，如孩子们的吵皮打架，东家的鸡吃了西家的菜，骂人骂天的内容大致是："人不晓得天老爷晓得，要遭报应。""像你这样的恶人，阎王老子怎么不把你收了去？"有人家遭灾后，痛哭失声："我前世到底造了什么孽，今生遭到这样的报应？"

"生仔养娘，作田还粮。"这是祖传下来的，是天经地义的，没有人质疑。每年，秋收后，人们老老实实挑着粮食去粮店。与老人分开住的，家里再穷，每月也要称粮给老人。否则，就要被扣上"没良心"的帽子，这三个字仿佛针一样，刺得人一辈子抬不起头。

子女有孝心，父母幸福脸上有光。"养不教，父之过。"村里人教育子女，一个字"严"。村里流传的一个故事，长盛不衰。一位溺爱子女的母亲，从小对孩子百依百顺，有求必应，孩子养成了好吃懒做、好逸恶劳的坏习惯。长大后，孩子不学好样，干起了偷窃打抢的勾当，在抓去坐牢与母亲告别时，他对哭泣的母亲说，你过来我想和你说句话，母亲靠近，他低头一口咬下母亲的奶头，恨道，是你害了我。

故事的真实性没有人考究，但每讲完这个故事，村里人就总结道："严是爱，松是害。"对孩子们，言行举止，样样有规矩。比如吃饭，人不能离开饭桌，脚不准搭在凳上，饭菜不能掉在桌上，筷子不能随意挑菜，一旦违规，父母打骂是常事。记得我的二堂姐，不知因何事而受了委屈，玩起了失踪。一家人找了一天，晚上在堂屋里的柴堆里找到了她，伯父用一种带刺的灌木抽打她，堂姐的尖叫声，现在回想起来，还让人心悸。

说也奇怪，用这种教育方式教育出来的孩子，忠厚、勤劳、本分。当然，还有一个遗传因素，祖祖辈辈流淌着相同的血液。我的几个堂姐，嫁到外乡，勤俭持家，任劳任怨，口碑极好。

在村里，所有的一切就是这样，世界如此简单，人生如此简单，如同泥土和庄稼般的质朴与踏实。这个只有十几户人家的小村庄，血液里流淌着相似的禀性，遵循着一种朴素的哲学，自身的法则，规规矩矩，勤劳本分，坚韧朴实。即使在经济迅速发展的今天，他们也不受外界侵扰，始终保持最初的本性。

# 一元七毛钱

那年暑假，我才十岁，跟着堂姐们去几里外的茶场采茶。茶场范围很广，一行一行齐腰高的茶树，整整齐齐地排列在一座又一座的山丘上，人在茶树行间行走，像在绿色的海洋中漂游。

每天我们起早贪黑，穿行在一行行的茶树间。烈日下，茶叶晒得发软，并迅速地老去，采不了多少茶叶。时间久了，手上起了血泡。老去的茶叶背面，还藏着一种鳞翅类的幼虫，不幸碰到它，刺得手疼痛难忍。但年少的我们，并没感觉什么叫作苦，不知疲倦地从一座山丘采到另一座山丘。一个暑假过去了，人晒成了黑炭，我换得了十一元七毛钱。母亲为了奖励我，把零头一元七毛钱给我做零用钱。

镇上赶集的日子到了，我平生第一次攒着这么多零用钱，兴奋地雀跃在墟场的各类摊前。各式各样的发夹和橡皮筋吸引着女孩子们；水果糖包裹在五颜六色的薄纸膜中，令人馋涎欲滴；背着白色冰棍箱的卖者，穿行在人群中，一声"卖——冰棍——"，诱惑着像我一样口渴的人们。面对这些，我没舍得花哪怕是一分钱。

走到镇上唯一的一家书店——六一书店，我忍不住进去了。严格来说，这不能算是书店。店里大部分的柜面摆放着文具和辅导书，只有东边的角落里，放了数十本文学作品。就是这个角落，吸引着每天放学后的我们，在书柜前流连忘返。书不能随便翻阅，又没钱购买，我们只能隔着玻璃望望诱人的封面解解眼馋。

现在，我攒着一元七毛钱，毫不犹豫地走近柜台，一元七毛钱不能买我心仪的书，只能买一本价格适宜的书《呼伦河畔的枪声》，但这已让我欢欣不已了。回到家，我一个字一个字地精心读完，直到现在，我还记得书中的一个情节：年少的主人公在楼上假装睡着了，楼下密谋的汉奸去楼上查看，小主人公呼吸均匀，睫毛一动也不动，竟然骗过了汉奸。这个情节令我佩服之至。

现在我一直在回想，当时，为什么我没有买女孩子们喜欢的发夹、橡皮筋之类的东西呢，可一直想不出原因。当时完全凭的直觉，就像孩子满月时的抓阄。这只能说是一种宿命，注定了我今生一定与文字和书本有缘。现在，我的确我成了一个与书本和文字打交道的人。

而对于书店，也就有了某种不解之缘。高中时代，我在犀城见到了真正意义上的书店——新华书店。书店规模不大，各种书籍分门别类地摆放在书架上，每一本书的书脊和封面设计都独具匠心，每一本的内容就是一个个丰富的世界，是作者的灵魂。这些，都让我爱不释手。

那时，无钱购书，书店又没有桌椅。休息日，我跟同学们就蹲着或站在书店里读书。书店的各个角落里，散发着奇异的书香，像一种镇静剂，使得周围静谧祥和，我们沉醉在文字的世界里，忘记了腰酸背疼，忘记了时间的流逝。

如今，依然喜欢逛书店，每次走进书店，仿佛走进深山老林里，心立即宁静愉悦起来了。虽然不用蹲着或站着读书了，但是，在一本一本书翻阅过去之时，不断出现的奇迹与欣喜，永远令人陶醉。

# 砍路萁

　　春天到了，在洣水河那边的群山里，从路边到山脚，从山脚到山顶，长满了一种蕨类植物——路萁（俗称铁芒萁）。它们的茎纤细但硬挺，顶端向两边展开几片条形叶。叶与叶之间相互交错，密密麻麻地，仿佛给山们披上了一件绿色的外衣。路萁易腐，扔进猪栏里，与猪粪混在一起，过一段时间，就成为极佳的农肥。

　　乡人无闲时，忙完春插，就寻了柴刀，一根扁担挑了一对土箕往河那边赶。砍路萁其实就是割路萁，要想效率高，柴刀锋利很重要。洣水河边，有的是凹凸不平的鹅卵石。选一个，就着船舷，"嚯嚯"地磨，正面磨，反面磨，柴根磨，柴尖磨，直磨得刀锋闪闪发光，船也靠了岸。

　　砍路萁还要讲究方法，左手握住路萁，柴刀向下，贴近地面连着根部砍下来，这样路萁又长又有分量。砍路萁高手，柴刀急急地砍，左手密密地捞，步子紧紧地跟，各个动作配合协调，很快，像剃头一般，一大块山坡露出了它的真实面目。

　　无树的山坡上，阳光充足，路萁浓密，但路萁经不得晒，长不高，时间长了，叶片焦黄，成了火烧路萁。有杉树荫蔽下的路萁，又青又深，砍一把很实惠，大家比较喜欢。

一拨人，走进山里，散在一座山上，每人占几行树的地盘，从东头砍到西头，再爬上一层，从西头砍到东头。几个来回，路萁就砍得差不多了。"空山不见人，但闻人语响。"此时的空山，因为杉树的遮蔽，见不到人影，也闻不到人声，偶尔听得见一两声"坎坎"的砍路萁声。周围静极了，成排的杉树默默伫立，鸟儿旁若无人地从这边山窝飞到那边山窝，很多不知名的虫儿发出此起彼伏的"唧唧"声，清新的空气里弥漫着刚砍的路萁香。微风吹过，茅草轻轻摇晃，路萁微微颤动，胆子小的人常会幻想虎豹猛然间从视野中出现，因此，隔一段时间，喊声对方，问声进展，听到答应声，就安定踏实了。

砍路萁热闹的日子，一拨又一拨的人，有的从山脚小路弯进山里，有的爬上山顶高路赶向更远一点儿的山。山顶高路上的脚步声和说笑声，仿佛就在身边，清晰地传到山脚赶路人的耳里，有人就冲着山顶喊"哦——嗬嗬"，山顶上的人们也回应着，回声在山谷里传得很远很远。先到的人们占据着未砍过的山头，后来的人就向更远一点儿的山里赶，如同蚕食一般，一点点地，一寸寸地，从一座山砍上更远一点儿的山。到了秋后，近山的路萁基本砍完，人们要爬上十几里山路的深山里。砍的时间少，花在路上的时间多。空手上山的时间多，挑担下山的时间少。深山里又深又青的路萁，左一捆右一捆，集在带柄的土萁里，很快就成了齐腰高的绿色圆柱。

一群人，排好队，挑起百多斤的担子，迈着急而碎的步子，脚板踏得黄泥路"噼啪啪"地响，扁担两头颤得萁柄"吱呀呀"地叫，那个气势，颇为壮观，远远望去，就像一条绿色长龙，沿着山路，蜿蜒着前进。左肩压痛了，换了右肩，左右都压痛了，就找个宽敞的地方歇歇肩，透口气，喝几口山泉，说几句笑话，再攒足了劲，挑起担子一口气奔下山。

陆陆续续地，一担担的路其，带着山里的清新，进了村，吸引了孩子们，叽叽喳喳围绕着路其转，希望能像上次一样得到红山楂、猕猴桃。路其扔进猪栏里，剩下的堆在村前坪里，以备冬天用。孩子们就扑向路其堆，躺着、打滚、翻筋斗。路其堆又舒适又软和，还带着好闻的清香，很好玩。阳光懒洋洋的上午，母亲蹲在门边搓洗衣服，孩子们就跑向路其堆，选一根干了的路其茎，抽去内里白色的茎，剩下深褐色的茎管，沾上肥皂水，吹着泡泡，村头吹到村尾，身后浮出串串的肥皂泡。

隔个十天半个月，猪栏里的路其粪就要清出来，堆在旁边，换上新的路其。路其堆渐渐地少，到了第二年春天，就用得差不多了。乡人把路其粪撒向田里土里，这个季节，田里土里，到处飘着路其粪香。这些路其粪，养肥了一年又一年的庄稼。

# 怀念砍柴的日子

发源于罗霄山脉的洣水河一路弯弯悠悠，环流犀城后在河的西边遗下一洲，这一洲就是我美丽富饶的家乡——黄麻洲。河的东边是一座连着一座的高山，那里似乎有着无尽的宝藏，对于我们这些乡村孩子来说，不失为一个乐园。

每年的暑假，我们几乎都是在深山砍柴的日子中度过的。每天我们跟着大人们五更起床，穿上草鞋，带好砍柴工具，披着星戴着月，趁着夜的清凉直奔河边渡船去。等踏上河那边的山路时，天已麻麻亮了。一拨拨的砍柴人吆三喝四，彼此开着玩笑，嗓子痒的人忍不住喊上两句：

> 早早起来风凉凉，
> 凉凉风儿吹我面，
> 木叶含在嘴角边，
> 只见歌声不见人；
> 来的呀是什么人，
> 来的一群砍柴人，
> 木叶吹得鸟儿欢，

再苦再累也开心。

哟喂————

山路，在砍柴人像模像样的歌声里极有韵味地绕着山坳转，一圈圈地漾了开去。

杂柴中我们最喜欢砍的是叶细根粗的一人多高的乔木和高高挑挑的茅草。有一种长得亭亭玉立的茅草，剥开它细长的叶子，会露出白生生的茎，往嘴里一嚼，甜美如同甘蔗。

但我们砍得最多的还是一丛丛的灌木。戴上手套，把那些相互缠绕的带刺的枝条和藤一股脑儿地从根部一一砍去，根丛里的枯枝败叶和着常年不见阳光的阴凉泥土散发出一种腐烂气味，这种气味连同灌木丛里的阴森常令人从骨子里生出莫名的恐惧。有时，会从荆棘丛里溜出黑色带花纹或麻色的蛇，吓得半天回不过神来。也有一次，一条四足蛇停在我执柴的戴有手套的左手上方，与我对视，待看清楚了它的真面目，吓得我丢下柴刀，一路"哇呀呀"地叫着，跑得远远的。至今想来，仍心有余悸。有时还会惹恼一窝蜂，吓得伙伴们蹲着纹丝不动，等蜂们安静了，我们便躲到不远的地方扔石头，赶走蜜蜂，打掉蜂窝，一丛丛的灌木还是被我们征服了。

在我们大汗淋漓地飞舞柴刀，抬手擦汗的间隙，无意间会发现诱人的野果。姿态舒展的山楂树上有熟透的算盘珠似的红山楂，毛板栗树翠绿翠绿的叶间满是浑身刺人的板栗球，灌木丛里会斜伸出低矮的杨碗树，密密丛丛的叶间擎着星星点点的黑圆果，地面密密麻麻的爬行藤间布满了紫红色的地茄子。有时还会获得毛茸茸的猕猴桃，带回家，放进谷物里闷上十天半个月

131

再吃，酥软酸甜。直吃得我们牙根酸软，肚皮饱胀，在物质困乏的年月里，这些野果足以让我们欢欣雀跃了。有时，我们也去偷山里人种作的花生、红薯，把扯出的花生秩和红薯藤重新埋入土里，等到主人发现了枯藤，我们已经转移阵地几天了。

发现有光秃秃露出红褐色地面的山坡，我们就玩滑梯的游戏，一个接一个，坐在山头上轮流滑下去，欢快的"哇——哇——"声便回响在深山里，但滑久了裤子会滑破洞的。所以更多的时候，我们和衣跳进湖里，享受水的清凉，用不着担心大人的责骂，烈日下，等我们把柴担回家时，身上衣服也就干了。累了，就躲在树荫里，躺在草丛间，吸着深山里清新的空气，听鸟的各种叫声，听风呼啸而去后的层层叠叠的松涛声，看大片大片的云从对面山腰拂过，仿佛觉得自己成了快乐的神仙。

静谧的深山给了我们无穷的快乐，我们的快乐也给了深山些许的生动。

晌午时分，我们便和大人们一起担着重重的柴，迈着急而细碎的步子，随着杂柴枝叶有节奏的舞动，"吱呀""吱呀"地陆陆续续地下山了。渡船来来回回，一担担带着山野气息的柴便如绿色蜈蚣般不断流入村里，于是，各家各户的门前摊开了一排排散发着清香的绿。伙伴们坐在凉爽的堂屋里，喝着母亲煮的大米粥，望着门前的绿意，眼神里全是劳累后的满足与惬意。

现在，河那边满山满坳的杂柴茂盛得葱茏。但是，再令人眼馋的柴也极少有人去砍了。砍柴的日子已经随着岁月的流逝沉淀在历史的某个角落里，随之而去的还有许多难以割舍的蕴藏在那个年代的美好的东西。

# 捞松针

小时候，常常去河那边捞松针。

松针纤细易燃，是引火的好材料。村里人家，一年四季，柴房里都备有。

松针也是最好烧的柴之一。它柔和光滑，手感比较好。从柴窝里搂一捆放在脚边，人安然地坐在灶旁，一把接一把地散入灶里。松针燃烧得充分热烈，只有淡淡的青烟升向上空，柴房里到处弥漫着松脂的清香，四围里安静得很，仿佛又置身于深山老林里。

松球烧起来火焰微弱，不适合煮饭。但它经久耐烧，是冬天烤火的最好材料。老人血气渐衰，阳气不足，必备手提烤火笼，烤火笼里常用的就是松球。她们提着烤火笼，东家西家地串门。村头村尾，都飘着松脂的清香。

洣水河那边的群山里，到处长有那种南方常见的马尾松。针叶密密匝匝地簇在枝头树梢，一串串的，像鸡毛掸子。在我的家乡，称头发为毛，而把松针称为松毛，真是再生动不过了，远远望去，松树就像一个个随意披散着浓密绿发的长者，静静地等着我们的到来。

老去的松针呈红黄色，脱下来了，挂在树枝上，掉在黄泥土、鹅卵石上，或者尖草和荆棘丛间。时间久了，四围就铺了厚厚的一层褐红，踩上去，好像踩在松软光滑的红毛毡子上。

　　捞松毛有专门的工具——捞耙。它的制作很简单，把长竹竿的一端劈成七八片，向一个平面伸展开，再平行弯曲，用竹片缠绕固定就成。竹制捞耙轻轻巧巧，像一把长柄梳子。高高举起捞耙，如同梳头一般，梳过树枝、荆棘丛、黄泥土面，就聚成一大堆松针。然后集在土箕里，塞紧，用竹耙当扁担，挑上肩回家。松针没有生柴重，挑起来不用迈着急而碎的步子。大伙挑着一担担的赫红，优哉游哉地从山里走出来，很有点隐居者的味道。

　　松针不断地生长，不断地老去，一年四季，都有松针可捞。

　　比较起来，秋冬季节更适合捞松针。

　　春天，雨水多，地面潮湿，落下的松针容易腐烂。初夏，松树枝端吐满了鲜绿的松针，显得朝气蓬勃。但松针上爬有大大小小的毛毛虫，令人恐惧。地面掉满了被咬断的松针，有时"啪"的一声毛毛虫会随着松针一起掉在地面，落在身上，不幸钻入脖子里，脖子上就会红肿一块。男孩子喜欢恶作剧，用木棍点着，在女孩子面前闪着，吓得她们尖声直叫。土箕里的松针难免藏有毛毛虫，随时会沿着捞耙爬到人身上。所以，大多数的时间，大家从这山跑到那山，去采摘映山红，选几朵最大的吃，又酸又甜，吃得满嘴都是红的了。松树根部有许多深褐色的松菇，颜色和松树皮相似，还带有麻点子，不好看，但采摘回来，与五花肉一起炒，简直是人间少有的美味。

秋冬季节就好多了，天气大多晴朗。松针掉在地面，时间再久，也干燥净洁。松子也长成了松球，嵌在枝丫间，像一朵朵盛开的花。熟了的松球掉在地面，还张开笑脸，静静地等着我们去捡。

许多个阳光烂漫的下午，我们带了捞耙，挑了一对土箕，渡过河来到群山里，仿佛来到世外桃源里。大家雀跃不止，采下一把松针扇着玩。有人恶作剧，趁对方不注意，用针头往他脖子上一撩，被撩者脖子猛然一缩，惹得大家哈哈大笑。

打仗是少不了的，大伙分两路人马，各据战壕，捞一堆松球做作战武器。干松球轻飘飘的，在天空中飞一段再跌落下来，落在身上，一点也不疼。战争激烈的时候，松球像雨点般落下来，在地面上圆溜溜地转。大伙匍匐着，用松枝掩护，等到对方投完，这方又发起进攻。累了，就躺在红毛毯子一样的松针上，惬意地打几个滚。

饿了，就剥松仁吃。松仁躲在松球里，敲出来，滋味香甜可口。山里空气清新，四处弥漫着松脂香。总有松鼠偷偷地溜过来，大家故意不作声，等它到了身边，突然大呵一声，吓得松鼠亡命般地逃，大伙惬意极了。微风吹过，满山满坳的树枝迅速地弯向同一个方向，发出阵阵松涛声，我们强烈地感受到了松树的博大遒劲和山林的深邃旷远，这种声音令人忘记人世间的一切，到达一个无物无我的永恒境界中。

# 灶旁读书

　　年少时，家里没有专门的书房，读书没有固定的地点。饭桌边、床上、卧室的梳妆台前、堂屋里、屋后的竹林里，只要有坐的地方，而且坐得比较舒适，就是我的临时书房。如今，印象最深的，还是暑假里在灶旁读书的情景。

　　那时的灶房，是在正屋的旁边盖成的一间屋，有一层半楼高。那是我在小学教书的父亲带着我们几个孩子利用假期，一块砖一块砖砌上去、一片瓦一片瓦盖成的。灶房里陈设很简单，只有用黄泥打成的大小二灶，没有木板的二楼，堆积着一些干柴。

　　暑假里，正是农忙时节，父母每天都要外出劳作，烧柴火煮猪饲料的事情就落在我头上了。其实烧柴火是一件很轻松的事情，看着火候，往灶里适当的位置放上适当的柴，就可以坐在灶旁看书了。有幸的是，父亲爱好文学，家里有一柜子的文学作品，还有一捆捆他每年订的《短篇小说选刊》，平时他是不让我们看的，现在偷偷拿来摊于膝上，添一灶柴，便看几行字。四周里很安静，大人们都外出劳作，孩子们到村头树荫里玩耍，偶尔传来他们的嬉戏声。窗前的树叶被烈日晒得发蔫，蝉儿拉长了它单调的声音。束束阳光从瓦缝间射下来，在泥地上投下大大小小的光圈。柴一烧起来，灶里时时发出"哔啵"之声，火焰吞吞吐吐，浓烟在束束光里翻滚上升，屋里弥漫着种种柴香。此时读书，感觉静谧而惬意。

那时候，我最不喜欢烧的是晒干的稻梗。它质地松软，放进灶里，只"轰"的一声，火势就软下来了，留下的柴灰又多，来不及看完一行字就得添柴、清空灶里的柴灰，很麻烦。最喜欢烧的是劈成条条的树干树兜，架起一烧，火势很烈，延续十几分钟，可以尽情读书。暑假里烧得最多的是我们在河那边砍来的杂柴，杂柴里缠绕着各种荆棘，往灶里一烧，"噼里啪啦"地很是热闹，火焰也灿烂，灶房里散发出好闻的清香。为了不耽误读书时间，我把各种杂柴分成一束束再首尾相连。灶里火势软下来了，只需夹住柴往前送下就可以了。但有时看得入迷了，火焰沿着杂柴烧到了脚边才惊觉。有时灶里漆黑一团了，只得重新点燃柴火。

记得有年暑假，父亲从同事那里借来一本厚厚的小说，遮遮掩掩地躲着读，读后藏好。这更引起了我的好奇，在父亲外出劳作后，我在衣柜里折好的第三件衣服里终于找到了这本书，那时它安安静静地躺在那里，露出它漂亮的封面，原来是张恨水的《啼笑因缘》，我小心捧起它，如获至宝。为了不让父亲发现蛛丝马迹，我记好放书的位置和书的朝向，看完后，按照原来的样子放好。父亲在他看完的地方折起纸张做记号，我不敢做记号，只有记住页码。每天短短的时间里只能看几十页，看得正入迷时，父母回来了，只得万分不舍地把书放回原位。整个人便恍惚在小说的情节里，盼望着第二天烧柴

137

火的时间快点到来。那时，在我眼里，烧柴火成了一件很享受的事情。后来，我超过了父亲，并先他看完。而父亲到现在都不知道，我就在灶旁看完了那本他不想让我看的书，而且比他还先看完。那本书给我的印象很深，至今我还清楚地记得书中的故事情节，书中各个人物的名字。

如今，我有了自己专门的书房。从桌椅的搭配，到窗帘桌布的颜色，我都精心设计好，并随着四季的变化而变化。在书房里读书，舒适而随意。但是，在灶旁读书，已成了一种习惯，并一直延续下来了。在等待饭熟的空隙里，只要听到厨房里高压锅发出"噗噗"的声音，整个人便坐立不安，自觉不自觉间，来到书房里、卧室里找来一本书或杂志，随便翻到哪篇文章，一坐在炉子旁，全身心就投入进去。此时文字极易入目入心，读书效率是最高的。一篇文章看完了，待回过神来，厨房里已飘满了饭香。恍惚间，又回到了儿时，回到了那个散发出清香的灶房里。

# 夏日长长好读书

夏日长长，宜于读书。

好比人之中年，去了浮躁，多了沉稳，人生渐趋佳境。夏天也是如此，暗了"簇人狂"之春色，远了"迷人眼"之乱花，有的只是沉静、淡定和从容。这正是静心读书的最好时光。

夏天，书房的颜色宜简不宜繁，宜冷不宜暖。"绿满晴窗草不除"，周边环境得自然之景为最佳。倘使地面无草，窗前有树也行。参天高树，几根树枝，披一身丛丛簇簇的碎叶，于窗前探头偷窥；或挂几片宽大的叶儿，于窗前轻轻摇曳。这样，夏日阴阴，屋内凉凉，想想真是醉人。如果身处闹市，不幸房前无绿，可换上深蓝墨绿的窗帘。阳光透过窗帘，屋内映满蓝幽之光，同样使人沉静安然。

书房最好不用冷气，冷气使得空气失却自然，失却夏天本来的味道。可将吊扇调至低档，节奏平和，不疾不徐。微风习习，仅能吹动纸角和鬓边发丝；扇叶轻轻地摇晃、摇晃，永远地旋转、旋转，似在述说着古老的故事，又似在记载着夏日的悠悠长长。书房里宜茶不宜抽烟，烟味同样破坏了夏天太阳的味道，甚至将蓝幽幽的色彩贮入了浮躁与闷热。书房里也可设简陋之床，铺上凉席。可坐着读，躺着读，或蹲着读，怎样舒服就怎样读。

"蝉噪屋愈静"。没有任何声音的自然接近于寂灭，反而不宜读书。静，是要有声音的静。在我看来，除却人声，只要是自然中无意识发出的声音，即使是像剪刀般的乌鸦声、锯子般的鹳鸟声，也都会被大自然厚重的寂静所吸收融化，成为一种有声音的寂静。就像这蝉鸣，不管它如何悦耳，如何千篇一律的枯燥，久而久之，也成了长长夏季中不可缺少的有声音的寂静。况且这声音无限拉长，与这长长夏日配合得如此默契，算是为读书添香了。

"阴雨绵绵懒出门，炎炎夏日好读书"，在连绵的雨天里和炎炎夏日里读书有着异曲同工之妙。人们都蛰居屋里懒于出门，用不着担心有人打扰。屋外也无人声喧闹，层层叠叠的雨声与长长短短的蝉鸣，无意间给心灵敷上了一层镇静剂，可静心静意读书了。

夏日读书与冬夜读书，其趣都在一"长"字，但又不尽相同。冬夜读书，着眼于一"冷"字，适合钻研学习，纵向深入。夏日读书，则着眼于一"闲"字。清晨，太阳开始了它一天漫长的旅程。它从从容容，慢慢悠悠，在天庭里踱着方步。时间似乎停滞不前了，光阴被无限拉长，窗前映入的幽幽之光似乎走向永恒。一切外界人事上的干扰都可从心灵中摈弃，此时的心绪，也悠闲散漫。漫无目的性地读书，可从名著中旁征博引，顺藤摸瓜，横向发展。这种不带功利性的轻松阅读常常给人以惊喜，原来一直懵懂无知的内容，会在一瞬间豁然开朗。许多不相宜的东西却能找到骨子里的契合点，许多近似的内容也能找到本质上的区别。读得累了、倦了，懒卷诗书，自然入梦乡。"日长与睡也相宜""睡起芭蕉叶上好题诗"，可谓是尽享夏季读书之妙了。

大抵冬夜读书显深邃，秋天读书显清幽，春阳中读书有奋进。而夏日的悠悠长长、宽延绵远的特点，读书就显得随意与闲适。

# 冬夜读书

　　冬天，最美的事情，莫过于寒夜读书。

　　一直以为，读书是个仪式感很强的事情，任何细节都不能错过。就像儿时过年，必须准备好鞭炮、毽子，从头到脚焕然一新，以无比激动的心情迎接新年的第一天。冬至前后，六点入夜，有长达六小时的读书时间。没有辅导的晚上，对我来说，不亚于盛大的节日。晚饭后，夜幕低垂，先到校园里溜达几圈，白天留在头脑里的紧张与浮躁，让寒冷的风吹拂平息，或是泡个热水澡，让僵硬的身体舒展开来，以空灵的姿态投入漫漫长夜里读书的境界中。

　　冬天的书房，最好换上暖色的窗帘。桌布，沙发椅垫，床罩的颜色要协调。当然，书房的摆设应该简陋，除了书柜，一桌一椅而已。椅子是长条形的，配上松软被褥，可坐着读，躺着读。读着读着，书本从手中滑落，人便自然进入梦乡。这个时候的睡眠像棉花糖一般，蓬松、香甜。

　　我一向不赞成书房里用暖气，暖气只能使人头脑晕涨。空调会发出一种"轰轰"之声，给清冷的寒夜注入了一丝烦闷。在我看来，一切天籁之音，都是一种有声的静，而人工之音，就会破坏自然的和谐。理想的书房应该有火炉，林语堂说过："在风雪之夜，靠炉围坐，佳茗一壶，淡巴菰一盒，哲学经济诗文，史籍十数本狼藉横陈于沙发之上，然后随意所之，取而读之，这才是读书的兴味。"儿时的乡下，家家户户都有地炉，地炉靠着墙壁，一家人围炉而坐，聊天纳鞋织毛衣。对着地炉的天花板上，吊着宽宽的菜篮，篮里铺着厚厚的稻草，稻草上排满自家做的豆腐，豆腐上已有了深深的灰霉。深夜，村人陆续进入梦乡。窗外，寒风像刀一样扑向万物，窗台发出"呜呜"怪响。窗内，炉火正旺，暖气融融，满屋里弥漫着豆腐乳香。一书在手，竟能如痴如醉。当然，这只是儿时。现在，我用一种移动很方便的火炉。门缝里不断侵入的冷空气，给我的头脑敷上一层镇静剂。而火炉像我儿时亲密的伙伴，蓝幽幽的火苗，左右摇曳，房间里充满了温暖清香。房间里的寂静，也有了一丝甜蜜的味道。

"一年好景君须记，最是冬夜读书时。"冬夜读书，适宜系统学习，纵向深入，是读书人最好的"进补"时光。无论是读诸子百家、人物传记、诗词曲赋，还是笔记小说，其间的哲理幽趣雅韵，都能使人神清气爽，有效地滋精补气。我个人在冬天最喜欢阅读的文字是名著。这个冬天，我到学校图书室借来了托尔斯泰、雨果、巴尔扎克全集，它们都是今年下学期语文教材里所涉及的内容。当时来不及细细阅读，成为一块心病。学生时代走马观花似的掠过，印象又不深。现在重温，自是另有一种风情。

冬夜读书，喜欢在厨房里准备蒸红薯。读得累了，红薯也熟了，正飘来丝丝诱人的薯香。于是，来到厨房，拿起筷子，剥去薯皮，挑出点点温润，又软又甜，三下两下趁热吃下肚去，又回到火炉边，进入书的世界里。美好的时光总是过得太快，读着读着，时光飞逝，不觉已是深夜。想想古人"万卷古今消永日，一窗昏晓送流年"的境界，城市的喧嚣、红尘的纷扰皆已远去，一书在手，物我两忘。能在似箭光阴、似水流年中填满读书的快乐，该是多么欢喜的事情。

# 飘零的姿势

读到王维《鸟鸣涧》中的诗句"人闲桂花落"时，就会泛起一种惊叹的心情——为这夜晚的静谧、这静谧显示出来的空寂和那没有人事烦扰内心宁静的人。除此之外，我还常常想象"桂花落"时这样或那样的场景：细细碎碎的桂花从密密丛丛的叶间落下来，如精灵一般，轻灵淡雅，飘飘悠悠，它也许落在地上，也许轻沾于那人的衣襟上，在静谧的夜里发出细微的声响，空气中也有了花瓣飘坠时散发的丝丝芬芳。

那该是一幅多么奇妙的画面。

在乡间，我见得最多的是油菜的花落。一阵风来，许许多多聚在一起的油菜花彼此左推右搡，无数的花蕊花瓣花粉便相约一起落下来。又一阵风来，又有无数新的花蕊花瓣花粉落下来。牵连不断地，落得不慌不忙，从从容容，满地里都是。浓密的花香也随风满世界里飘荡。我似乎听到一阵又一阵的"簌簌"的花落声，在我心里默化成无言的歌曲和一场永久的仪式。

我也见过泡桐树的花落。那是一大朵一大朵极有分量的花，从树枝间脱落，毫不犹豫地快速直线坠下，"砰"的一声碰到地上，显得干脆利落。这种毫不犹豫的精神常令我感动莫名。很多时候，我疑心一朵花最美丽的时候不是花的绽开和盛放，而是凋零的那一瞬间。因为有了这最后的美丽，花儿才会如此细致地绽开，如此热烈地盛放。

后来读到王维的另一首诗《辛夷坞》："木末芙蓉花，山中发红萼。涧户寂无人，纷纷开且落。"心里又有了莫名的伤感——为这欣然绽开的花蕾，云蒸霞蔚的灿烂。默默点缀着寂然涧户，再寂寂地纷纷扬扬落去。

看来这"落"一字，即使是同一个人，因心境不同，其意蕴也不同。

曾经在冬天的河边，看见一片高大的落叶乔木，张开密密的枝丫，在空中纵横交错，疏朗有致。枝丫间挂着枯卷的叶儿，经风一吹，便悠扬地盘旋几下，再整整齐齐地斜斜飘下来。这样美丽的风景，在杜甫的笔下却另有一番滋味。"无边落木萧萧下，不尽长江滚滚来。"这"萧萧"二字令人想起肃杀凄凉的秋天景象。"不尽长江"令人想起"滚滚长江东逝水，浪花淘尽英雄"。诗人感叹的是光阴易逝，生命短暂，联想到的是历代优秀人物的不幸。

《诗经》里的句子"桑之落矣，其黄而殒"。干脆把叶落说成殒，其死亡的意义更直接。从这点意义延伸，飘零总带有悲剧性色彩。"唯草木之零落兮，恐美人之迟暮"里有屈子的担忧；"泣涕零如雨"中有织女思念的痛苦；"零落成泥碾作尘，只有香如故"中，有陆游的高洁，更多的是他的落寞。

在王维的另一首诗《使至塞上》中，"长河落日圆"一句几乎涵盖了上述意味，"圆"字给人亲切温暖而又苍茫的感觉，也给落日增添了无限温情与美丽，但终究抵不住"夕阳无限好，只是近黄昏"的无奈。更何况，还有"夕阳西下，断肠人在天涯"的游子思乡情怀。龚自珍的"落红不是无情物，化作春泥更护花"算是为"落"字添了亮色吧，但细细究来，这亮色也来得悲壮。

在这里，"零落"一词已负载了诸多情感信息，已含蓄地隐藏了诸多生命幻想。正是因为有了这诸多的意蕴，"飘零"的意象才会有如此丰美动人，才会如此牵人肚肠，让历代文人咏叹不已。

# 锄草

在所有的农活中，锄草是一件极有诗意的事情。

就说那锄草工具锄头吧，就是一件精巧的工艺品。在一根圆形木棒末端，套上略弯进的扁平梯形铁锄，整体看上去美观轻巧。扛在肩头，左手搭上去，右手随着身体行走节奏前后摆动，走在乡间小路或田埂上，感觉自豪而悠闲。"种豆南山下，草盛豆苗稀。晨兴理荒秽，带月荷锄归。"月下的诗人肩扛一把锄头，穿行在齐腰深的草丛里，这本身就是一幅醉人的画。

锄草的姿势也是很讲究的。双手相向握了锄头，让锄头与身体保持平行。锄草时，双腿微屈，身体微侧，右倾，整个姿势优雅而又颇具绅士派头。锄草就在于身体这几部分的协调用力。锄草高手，用的是阴劲，大锄轻轻一刨，块块草皮整整齐齐地被削翻，锄头再轻轻一送，草儿脱了泥土浮于表面，晒干后成了土壤的肥料。被侍弄后的土地干净平整熨帖，也是一件精美的艺术品。

锄草不仅根除杂草，还包括为庄稼松土。因此，一年四季，农人干得最多的农活也是锄草。每年新春时节，阳光露了明媚的脸，四野里冒了寸寸新绿，空气里就弥漫着锄草的气息。农人的嗅觉是灵敏的，勤劳的本性使得他们迅速从年味里走出来，扛了锄头，散在四野里，从春天盛开的百花里锄到初夏满眼的嫩绿中，从盛夏的凉风里锄到初秋的旷渺中，从深秋的清幽里锄到寒冬的平静中，年年如此。锄草就是人类与大自然和睦相处的一种方式，人类用一把锄头，向土地表达绵绵无尽的爱。

对象不同，锄草方式也是不同的。苎麻土的锄草很轻松，苎麻根系庞大，一兜兜紧密相连，几乎没了空地，锄头无处落身，与其说是锄草，不如说是用手拔草。苎麻根上的土质干松，又薄又浅，草根浮在苎麻土表层，无论根茎纤细的棉花草和丝草，还是根茎密长的菊花草和马根草，拔来全不费功夫，轻甩根部泥巴，顺手挂在陈年的苎麻骨头上，只一两天工夫，草就被晒干成了苎麻土的肥料。

大蒜地里的草较多，有的密密麻麻地形成草皮，一寸寸地锄去，如同剃头一般，很有成就感。紧贴大蒜根部的，蹲下去用手去拔，满手就有了清新的泥土香。

油菜地的锄草劳动量最大，大块大块的油菜地，等着农人一行行一畦畦地锄过去，要花好几天工夫。那时，周遭村子上空，还弥漫着淡淡的年味；四围山色中，春色渐浓。阳光在青葱的油菜叶上映出点点亮色，在千篇一律的锄草动作中，光阴仿佛被无限拉长，可以清晰地感受到时光在一分一秒地推移。

替花生松土得赶在花生落茎之前，土壤太板结，花生茎落不下去，浮在土壤表层，长出颗颗水籽。替红薯松土像对待新生儿一般要有特别好的心思，栽红薯时薯藤是斜着插下去的，松土时要顺着栽插方向锄，如果倒着锄就会把薯藤锄死锄翻。薯藤长速特快，很快绿满了垄沟，红薯也开始扎根。此时松土，要瞄准红薯大概会扎根在什么位置，因为稍不注意就会锄断新长出来的红薯。松土后，要把一行一行、一兜一兜的红薯藤牵向同一方向，好让薯藤充分吸收阳光，有利于光合作用。

　　锄草后的菜畦真实地袒露了胸怀，干干净净，整整齐齐。那时，红薯藤打着呵欠，伸着长长的懒腰；蒜苗优美地伸开手臂，可以听得到它内心的歌唱；蚕豆苗开着蝴蝶般的花朵，笑得很是灿烂；花生苗袅娜地立着，椭圆形的叶片在微风中抖颤。"锄禾日当午，汗滴禾下土。"锄草又累又晒，辛苦难言，但锄草人眼里是平和的、坦然的，因为内心有满足有成就。"衣沾不足惜，但使愿无违。"衣服被露水沾湿了不要紧，要的就是这种融入大自然自由美好的感觉。

# 打猪草

　　春末夏初，野草疯长的日子里，常常想起儿时打猪草的事情来。

　　那时候的村里，家家户户养猪，大人们要忙农活，打猪草的事儿就落在我们这些孩子头上了。

　　每天放学后，我们丢下书包，挎了竹篓，三五成群到约好的地方割草、嬉戏、玩耍。打猪草的地点不一，房前屋后，池塘边，树兜下，篱笆墙上，田野里，到处长有猪爱吃的草儿。

　　篱笆墙上的草儿得天独厚，又嫩又青，长势诱人，猪也爱吃，但纵横交错的荆棘成了它们忠实的卫士，一不小心，手就会被荆棘划破。房前屋后湿地里的猪耳朵草就好拔多了，它大咧咧地张开肥大的叶片，很憨厚的样子，一拔就是实实的一大把。但猪耳朵草长势太快，叶片很容易在阳光下春风中变得硬实。湿地里的辣椒草整整齐齐的，很有淑女风范，撸下她的嫩头，揉碎成团，可以做酒药。猪爱吃的牛筋草，生命力最旺盛，稻田边、水渠旁、小路两边，它们匍匐着，延伸着坚韧的叶蔓，与其他草儿争夺领地，细叶在风中骄傲地摇摆，农人见了，连根锄了，埋入土里田里，几天后，光秃秃的地上又长出了参差的新绿。坎上的棉花草雍容华贵，叶片又嫩又柔软，手感特别好。田埂上的狗牙齿草、鸭公草、肺牙子草，舒展着叶片，姿态嫣然。一兜兜拔过去，顺手甩甩根部泥巴，四处就会飘荡着泥土混合着的青草香味。

钻进油菜地里，仿佛到了另一个世界。无数的花蕊花粉花瓣纷纷扬扬地落下来，沾得满头满身都是。油菜地里有点湿润的泥土味扑面而来，隐隐约约还有油菜叶的清香，很好闻。那里的草儿，因了油菜花的荫蔽，氤氲得纤细嫩葱，撸来时从茎部断裂，又嫩又干净。青灰的油菜叶也是我们觊觎的对象，偷偷捋下来，藏在竹篓底，上面遮一层杂草，可以躲过人们的目光。

油菜有一人多高，密密麻麻的，形成天然的屏障。躲在油菜地里，避开了大人们的目光，有种特别的放松和神秘感。野草装满了竹篓，我们就围坐在油菜地里轮着讲故事，讲着讲着，开心地翻几个筋斗，压倒了不少油菜。累了，就躺在伏着的油菜上，望着蓝天，阳光轻柔地洒下来，微风拂过，油菜花香四溢，惬意极了。但伏下的油菜被大人们发现了，免不了挨几声骂。

节假日，打完猪草后，我们也去土坡边，拔马根草白嫩嫩的茎，剥去外皮，塞嘴里一嚼，汁水甜美。或顺手掐几根姑娘草，围坐在垄沟里，做孩子们的游戏。把姑娘草头去掉，剩下四方形长茎，对面两人，一人握一头，一齐往中间撕去。姑娘草茎纤维柔韧，在中间交会处形成各种形状，如果撕成了四方形，大家就要笑话撕草人将来生女孩。菜藤翠嫩的，我们一截截折断，让外皮黏连着，挂在耳边成了美丽的耳环。草茎细长的，我们一根根折叠起来，织成各种形状的草戒指。简单的游戏，可以让我们快乐地玩上一天。

一年四季，总有割不完的猪草。夏天，烈日烤焦了各种野草野菜，我们的目标转移到高处的苎麻地里和池塘边的小溪中。暑假里，只要提了竹篓，跨出家门，我们便像无绳的风筝，散在苎麻地里。苎麻沟里的各种草儿，因苎麻宽大叶子的荫蔽，养尊处优，青嫩茂盛。有一种红兜草，茎是红色，叶儿尖细柔软，自然垂向四方，美丽极了，在草丛里格外引人注目。这是我们夏天最喜欢拔的草，也是猪爱吃的草。溪流里有油油的丝草，丝草里聚集着众多虾米，捞来晒干，用辣椒一炒，清香脆嫩，是我们夏日里最美的荤菜。

草木枯黄的日子里，收割后的稻田里长满了大大小小的土地菜。它的茎层层叠叠地向四方匍匐，蔓伸向空中，开出细碎的黄花，远远望去，像是满天的黄色星星。有幸割到一兜肥大的，就可以做毽子踢，在田野里玩上一阵子。

等到稻田被犁翻，土地菜被埋入泥中，春风来了，春天也就来了，那些草儿又在篱笆墙上，房前屋后，池塘边，垄沟里，微笑着向我们招手……

# 满眼的油菜花

家乡的田野，是油菜花的世界。

那种蓬勃的色彩，是颜料调不出来的。热烈着，奔放着，海浪一般翻滚着。点点金黄凝成块块色彩，仿佛一朵夸张的花，盛放在田野间，灿烂在蓝天下。

走近细观，这种扑面而来的馨香，又是言语无法描述的，只惹得无数的蝶儿蜂儿，不知名的虫儿，疯了一般忙忙碌碌。四瓣的黄花托着同样黄的花蕊组成单枝的花，许多单枝的花颤颤地缀在菜头周围，像美女粉嘟嘟的脸。无数粉嘟嘟的脸聚在一起，高低错落，顾盼生姿。风吹过来，煞是热闹。左面的推着右面的，右面的又挤着前面的，翻滚起伏，推推搡搡，只闹得个落英缤纷，香气四溢，青春的气息浓烈地散发出来了。

这样的青春，这样的美丽。培植它的过程却无须花多少心思的。初冬时节，灰蒙蒙的天空总是漂浮着毛毛雨丝。在收割后的稻田里，男人犁翻了禾梗，耙碎了泥块，用锄头分成了行行垄沟。女人冻得通红的手，握了铁锄，在行行垄上每隔六厘米左右扎下去，挪开条缝，植入油菜苗根，摁紧泥土掩住根部，再浇上半瓢水就可以了。那时，女人总会掠过额前湿漉漉的刘海，望着满地里抹抹青绿，疲惫的神情里流露的满是爱怜之意。

随即是天寒地冻，冰覆雪盖的漫长冬季。油菜地里总是淡淡的几抹青绿，仿佛用颜料轻描了几笔。但女人的眼里，总有着期盼中的喜悦。因为她们对油菜总是很自信的。

果然，立春前后，油菜花就开了。先是一两朵花毅然打破了冬的冷寂，欢快地告知春的端倪。十天半个月后，三三两两地又开了些，东一簇西一簇的。春寒料峭中，看得人内心焦灼。又是十天半个月，在人们的期盼中，剩下的油菜花终是失了矜持，不约而同把储了一冬的能量蓬蓬勃勃地盛放了。花从茎部开起，陆续开到顶端，又持续个把月，把个春天的浓郁，泼洒得淋漓尽致。

养了一冬的女人，鲜活壮实，红润的脸上，抑制不住的欢喜，挽了袖子，提了竹篓，彼此吆喝着，扑入那满眼的油菜花里。油菜地里，有点湿软的泥土和着青草香——隐隐约约地，还有腐烂的老油菜叶味扑鼻而来。那草儿，因了密密丛丛的油菜花荫蔽，氤氲得纤细嫩葱。捋来时，不堪重负，娇嫩得从茎部断裂，并发出"嘣"的一声，连声音也是这样翠嫩。这样的纤草，没了根部的泥土，很是干净，猪也爱吃。女人麻利的手，飞快地捋过青草，再顺带捞来老去的菜叶。只需在油菜地里绕个两三圈，便可打满一竹篓猪草了。女人从油菜花里钻出来，沾了一头的花粉花蕊，熏了一身的香气。乍一看，分不清是油菜花还是穿着碎花衣衫的女人。

油菜花飘零到顶端时，布谷鸟叫得正欢。坎上沟壑间，流水淙淙。田野里，有了新翻的泥土气息。男人把贮满水的秧田

155

耙得像镜子一般平。女人也高高地挽起裤腿，提起锄头，削翻了田埂上块块草皮，再勾点湿泥糊了田埂，堵了洞眼防止漏水。田埂被侍弄得整齐熨帖，远远望去，仿佛给这块镜子镶上了一道黄边。

油菜花旁边的菜地里，也有开着黄花的白菜薹，长势太盛，一时吃不了，女人便辍了，装满竹篓。回家在开水里烫一下晾干，做冬季里吃的卤盐菜。这个季节，只要是晴天，家家户户门前，都架几个木桩，晾几竹竿的菜薹。水泥地面，也铺了一层剁碎的青黄菜薹。女人还会在菜地里砍几兜莴笋，剥几条好炒了腊肉做公公、丈夫的下酒菜；顺便又在坎上寻了几根春笋，好炒了鸡蛋给正在读书的儿子吃。炊烟起时，几阵锅碗瓢盆响后，各家各户都飘出了腊肉和豆腐乳香，这些香味混合着田野里的油菜花香，满世界里飘荡。

春天的气息总是这样浓烈地铺散出来。

家乡的女人，总有做不完的事。油菜花全落了，青葱一片的油菜秆也倒下了，一年的农活才算是开始。女人总有着使不完的劲，从田里地里忙到家里，像陀螺一般转。日日如此，年年如此。她们用一双结实灵巧的手，把个日子拾掇得有滋有味。

油菜花开了又落，落了又开，一年又一年。昔日的媳妇转眼成了老妪，昔日的女儿又成了今日的媳妇。一辈又一辈的女人，默默地奉献，默默地美丽，又默默生养了美丽的女子。

就像这默默美丽默默飘零的油菜花。

连她们的名字，也是这样的普通。

# 第四辑
## 你若来了，便是春天

你来，沿着前生的记忆
我来，重闻你千年熟悉的气息
无须询问
前世的我留下了什么印记
隔了一世的光阴
我命定的人，就是你

# 尘缘里，有位好父亲

母亲离开我们十五年了。

那一年，父亲五十一岁，四个子女，除了我有了工作，其余都在大学中学就读。

母亲从发病到病危，几个月时间，父亲陪着，四处求医，几经转院。除了我，父亲对母亲和弟妹一直隐瞒病情。安慰弟妹们说，只是重感冒而已，不用牵挂，好好读书。医生早已告诉父亲，母亲的病他们无能为力。但父亲还是坚持住院，他说，母亲劳累了大半辈子，没有享过福，最后的时光，为她花点钱，才心安。

直到母亲去世的前几日，父亲才发去电报，把弟妹们从学校召回，陪母亲走过最后几天。突如其来的不幸，使得从大学赶回来的大妹，一路哭着回家。大弟一时不能接受事实，人像傻子一样，这里站站，那里站站，呆滞、无助。母亲临走的前一天，父亲才告诉母亲真相，伤心地对母亲说，你走得太急了，你欠了我的。母亲责怪说，早知这样，何必花那么多冤枉钱呢。

中年丧妻，少年丧母，人生在世，哀莫大于此。再加上为母亲治病欠下了一笔债务，整个家陷入了困境。

但生性要强的父亲牙关一咬，肩膀顶不住用背扛着，再苦再累，也不能耽误子女的学业。那时父亲竭尽全力也只能负担大弟和大妹的费用，于是小妹国庆的费用就落在了我的头上。那几年，我们一家人一条心朝着一个目标使劲——完成学业，日子过得艰辛但很充实。

几年过去了，弟妹们完成了学业并都有了工作。

教出了四个大学生，在我们这个地方，找不到第二家。方圆百姓在谈到父亲时，无不钦佩，无不叹服。

当我们也欣慰地认为可以松口气的时候，我们才注意到，父亲，他，老了。

人们公认为美男子的父亲，高大魁梧，极具男子汉气概。可是短短几年间，岁月在他身上毫不留情地刻下了印迹——白发、皱纹、微瘫的背，父亲的确老了。

这些年，父亲每天早出晚归。我们不知道父亲在完成教学任务后，又是怎样完成母亲丢下的田里地里农活的；也不知道他这样一个大男人在干完农活后又是怎样侍弄猪饲料，喂养母猪，洗衣，做饭，把家里收拾得有条不紊的；更难以想象在偌大的房子里，一个人从这间屋子摸到那间屋子，身边又没个说话的人，他是怎样孤独地度过乡村一个个寂寞而漫长的夜晚的。

这些年，我们也劝过父亲，有合适的人就再找一个。但父亲没有对哪个媒人点过头，只是把母亲的遗像扩大，用镜框装好，挂在堂屋里，常常默默地端详着，默默地叹气。

每一次，回到家，家里依然保持和母亲在世时一样，厨房、桌椅、衣鞋，收拾得整整齐齐、有条不紊。父亲说，要让我们感觉不到没有母亲时的不适。

父亲是本地远近闻名的美男子，但他仿佛不知道自己长得好似的，生活极其朴素，没穿过几件像样的衣服，辛苦积攒点钱，全部花在子女身上。算命的人对父亲说，你这一生，为子女所累，就像是棕榈树，长高点儿，棕叶就被割去一点儿，再长点儿，再被割去，存不到钱。

几年前，父亲一手料理弟妹们的婚事后，又着手建房了，这是他一生中第四次建房。这一次，他还是和以前一样，请了砖匠，他做小工。三层楼房，他一块一块砖搬上去，一担一担水泥挑上去。他说，自己亲手建的房子，住着踏实。他亲自设计房子，他住一楼，二楼四室一厅一卫生间，我们四个子女，一人一室。这样，每次回家，我们住得非常舒适。

退休后的父亲，生活极有规律：早睡，早起，午休，种菜，洗衣，做饭，看电视剧，不抽烟，不打牌。邻居因外出打工而无人种作的农田、菜地、苎麻地他都包下来了，又承包了公家池塘养鱼。这样，他一年从头到尾，总有忙不完的农活。

家里，一年四季，都有父亲种作的菜蔬，还有他晒干的菜薹（盐菜）、干辣椒、干豆角，扎成一捆一捆的。秋冬季节，楼上，一地板的红薯，和他制作的地瓜干和红薯片。每一次，我们回家，父亲就让我们带上，说，自家种的，没有农药，放心吃。

我们请求父亲，不要种作农田了，这些繁重的劳动压了他半辈子了，我们都长大了，他也该歇一歇了。父亲说，这些农田荒芜了太可惜，他身体很结实，又不打牌，乡下人没有什么娱乐活动，就把这些农活当作城里人的强身健体运动。每天有做不完的事，日子就会过得很快也很充实。

再一次劝过父亲，有合适的再找一个。他说，一个人进进出出惯了，每天做着同样的事，生活很有规律，再加上没有世事的烦扰，和纯朴的农民打交道，内心宁静而满足。

几个月前的体检，查出患高血压，父亲立即戒了酒，早餐改吃馒头，每天量量血压。年少时，父亲牵挂我们，我们长大了，父亲还是牵挂我们。他的自律、严谨，是为了不让我们牵挂，无非是让我们心安。

写上述文字时，几经流泪，几经辍笔。终于，按捺不住，痛哭失声。我不知道，我们和父亲之间，前世今生，到底是源于什么样的因缘。此生，父亲对我们的恩情，我们无论如何也报答不了。在父亲面前，感到无能也无力，我们能做的，只有衣物、食品、问候。但父亲说，你们去年买的衣服和鞋子我还没穿呢。

我们的问候也只能换得父亲片刻的安慰，当我们回到城里后，父亲又是一个人孤孤单单的，日复一日，年复一年，做着农活。

每次离开家乡，父亲把他亲手种的花生、芝麻，晒干的辣椒、豆荚装满了我们的包裹。我们提着这些东西，觉得是那样的沉重，沉重的还有我们湿漉漉的心。

# 母亲的女红

我很敬佩，母亲除了能像男人一样挑重担干农活外，还心灵手巧，拥有村里一流的女红手艺。

那个年代，村里人穿的毛线衣、毛线裤、鞋子、鞋垫，都是村里女人一针一线亲手织就的。

每逢农闲时节，村里的姑娘媳妇们就带了针线围坐在房前屋后做女红，一群女人叽叽喳喳，长长的线在她们手指间绕山绕水，满是柔软温馨的气息。

母亲有一头浓密的乌发，总是梳成两条粗粗的麻花辫子，垂到胸前。每当她微微低头，神情专注地穿针引线时，那粗粗的辫子就随着针头的起落一颤一颤的。那时候，我认定母亲是世界上最美的女人。

每一件女红完成之日，就是我家幸福之时。毛衣套在父亲魁梧的身上，总是特别合身。他伸伸胳膊，做几个扩胸动作，脸上写满舒适和满足。有一年冬天，母亲把织好的毛裤给我试穿。我穿上后站在北风呼啸的巷子口，那是一种平时冻得我直哆嗦的北风，现在，我很从容地站在风口里，久久地，丝毫感觉不到冷，内心里充满了自豪感。

有一次，母亲为我做成了一双皮底鞋，非常时尚。弟弟见了，也争着要，我穿上鞋立即跑了，弟弟追到村口，硬是把我拉回家。母亲笑了，说立即再做一双，弟弟才罢休。

在我印象中，最能显示母亲手艺的，是她绣成的鞋垫。母亲手中的五彩线，单说红色，就有玫瑰红、西瓜红、桃红、水红、粉紫红，黄的有深黄、杏黄、鹅黄、菜花黄……由深到浅，由浓到淡，而每一种颜色与另外一种颜色的组合，就会奇妙地被母亲变换出契合大自然中每一种植物和花朵的颜色。母亲用五彩线，在鞋垫上绣出怒放的寒梅、盛开的牡丹、比翼的鸟儿……这么美好的景物穿在我的脚下，觉得脚也高贵了。

母亲曾经为我绣出一双荷花的鞋垫，鞋垫上一汪池水，水里游着两条鱼儿，水面上，一朵荷花开得正艳，我喜欢得不得了，视为珍宝。密集的针头，按摩着我的脚，我感觉到母亲密密的手纹和密密的温暖。

那些年，那些月，母亲用她一双灵巧的手，温暖美丽了我们一个又一个冬天。

后来，我从学校毕业后参加了工作，母亲还在织毛衣、绣鞋垫。我们还穿着母亲织的毛衣、绣的鞋垫。再后来，我结婚有了女儿，母亲又为她的女婿、外孙女织毛衣、绣鞋垫。她生前绣的最后这双鞋垫，被我珍藏着的，就是为她两岁半的外孙女绣的。鞋垫上的图案只描了大概的轮廓，花色还来不及填充。十五年过去了，布还像新的一样，整齐细密的针脚，留有母亲的指纹、气息、灵气和智慧。每次看到它们，眼前就会浮起母亲当年做女红的情景。

母亲去世的很长一段时间里，父亲一直穿着她织就的毛衣和绣的鞋垫。我们给他买的羊毛衣，他也不肯穿。后来毛衣旧了，穿出洞了，鞋垫花案磨损了，他也舍不得扔掉，收好后留在柜子里。

现在，他不得不穿我们买来的羊毛衣了。但是穿上后，常常听到他说，还是你们母亲织的毛衣，穿起来才舒服。

# 一生一次

我
不知道
前世今生
究竟源于怎样的因缘
你
带着文字的馨香
从红尘的沧桑
走进我如莲的梦境
你说
你是走在路上的人
我是为你而又启程的人
从此
万水千山，是隔世的守望
云水天涯，是灵魂的共翔
一生一次
一次一生

# 你的目光

你说，男人的目光是女人最好的美容护肤品。

我轻轻地笑了。

这些年来，我已经习惯了你默默注视的目光。

每一次，当我意识到，你在温情地注视着我。我便觉得，整个人及整个心都被温暖地包裹在你目光里。于是，一股强烈的温馨感从我身上流溢出来。莫名的羞涩和莫名的幸福使得我整个人都显得如此神采奕奕。

我不知道，你的目光里具体有些什么，所以我常常从你的语言中想象着你目光里这样或那样的内容。

有时候，我想，你的目光里也许是责备，是对我的放纵我的懒惰我的喧嚣的担忧。所以你毫不留情地指责我，真正的快乐是沉下心来看书写字。

有时候，我又觉得你眼里有怜爱，是对我的头发我的皮肤我的一切的欣赏。所以每每这时候，仿佛有股电流一般，流遍全身。

更多的时候，我觉得你的目光很温暖，是一种兄长般的温暖。你和我促膝谈心，排除我内心所谓的幽怨，解答我生活中的难题。这个时候，我的心便安宁起来，仿佛在看一本自己喜爱的书，每一分钟每一秒钟的时间都在一种喜悦中流过。

……

你目光里的内容一定远远不会这么简单，责备、关心、怜爱、温暖……还有很多很多。我就是这样一遍又一遍地想象着你目光里的内容，然后一遍又一遍地陷入在无穷尽的幸福里。

不管你的目光里有些什么，只要我意识到你在注视着我。我就会缱绻地倚在沙发椅里，伸着懒腰，做着鬼脸，全身放松在你兄长般的爱护里。这个时候，我就确信，这个世界没有哪篇文章哪首诗歌哪只歌曲能够让我如此地静静放松自己。这是一种自然的默契，就像蓝天与白云，高山与流水。

这个有点悲伤的中午，当我走到一排高大樟树下的水泥路上时，有股阴凉从树丛间渐渐地款款而来。这阴凉里蕴涵着许多许多似曾相识的东西，而这些东西全然不是刚刚走过的夏季所有的。我禁不住停下了脚步，静静地站立在一棵樟树下。我注意到阳光很柔软地洒在樟树叶间，并在叶上反射出璀璨的金子般的光芒。然后透过樟树叶间，在有着不少樟树籽的水泥路面投下一面幽静。这一刻，我怔住了，这阳光多么像你的目光，温暖闲适，静谧安宁。

这个奇妙的感觉深深地印在我的头脑里。

从这以后，我每走过一个地方，看到大自然中的景物，都会自然地联想到了你的目光。

窗前的那棵大树，舒展自然而又安全，像极了你的目光。而我很像这棵树上的一只蝉或鸟儿，尽情叫嚣着自己的得意与快乐。

校园旁边的溪流，纯净清澈而又恬然，不就是你的目光吗？而我就是这溪流中的一条小鱼，在游来游去间绽放生命的色彩。

......

于是你的目光，在我生活中，无处不在，无处不有。于是，在我眼里，每一个人，每一棵树，每一茎草，每一朵花，都是如此美好与动人，就连校园里清新的空气使我觉得呼吸的都是香。

假如，树枯了，蝉只会悲鸣；假如水竭了，鱼就会渴死。

这就注定了我的今生，不想走出也走不出你的目光。

# 哥哥式的老公

总觉得，前生，老公是我的哥哥，今生，我一见到他，格外亲切、面善。由于我们俩长得很像，走在一起，旁人还以为我们是亲兄妹。

老公比我大五岁，大学毕业后，分配在云阳中学教书，那一年，我还在读高中。高考后，因为录取通知书来迟了一个月，我在他隔壁的学校——教师进修学校复读了一个月。那时，哪里知道，他就在隔壁的学校教书呢。

缘分真是一个不可思议的事情，仿佛早就注定了，他必得在学校等我四年。那一年秋天，我来到他们学校实习，他成为我的指导老师。

一切自然而然，面善，亲切，好感，依赖……

老公生性传统，也许与那个年代有关。恋爱时，没有卿卿我我，没有花前月下。走在大街上，两人从不牵手，肩距保持一尺左右。而我生性胆小，走着走着，禁不住靠近去，他便向旁边移一点，我又靠近去，他便急了，你都挤得我没路可走了。

一切就是这样，现实，平淡，与浪漫无关。年轻时，我也耐不了日子的平淡，如同《过把瘾》中的女主人公一样，故意取闹，摔门而出，他便老老实实跟着我，把我喊回去。现在回想起来，那种电视里打打闹闹的日子，只是生活的奢侈，偶尔而已。真正的生活是安静平和的，岁月静好，生活安稳，才是生命的真迹与福报呢。

老公十六岁丧父，因而懂事早。白手起家，从自行车电风扇到后来的电视冰箱，一点一滴，如同燕子衔泥。婚姻大事，他一边做新郎，一边做总管，大事小事，安排得井然有序。到现在，我们先后搬过三次家，每一次新居装修，都是他一人精心设计，请人装修。而每一次装修，那种古典文学味，很合我心意，也得到人们的称赞。

除了做点家务事外，我基本不想事，不管事。在他心目中，我只是单纯的孩子，他带着我，像带着妹妹或女儿。下班回家，他不见我，就会打电话给我，知道我安好，就放心。到现在，我还没有一个人出外旅游过。记得那年暑假，他带着我和女儿跟同事一起去海南旅游。沿途景点，只要不见我，就要问旁人，她呢，她呢。大家就笑话他，你带着两个女儿，小女儿不要你管，大女儿倒要你操心。

现在，我人到中年，还保留着孩子般的天真与简单，大约都是与他有关吧，这到底是幸还是不幸呢？

老公的生活很有规律，早起早睡，也极自律，不抽烟不打牌。我想他前生定是有了足够的修行，他身上天然有种种美好的品质，比如心胸宽阔，心性善良，待人热情，乐于助人，工作勤勉，组织能力强。接触过他的人都称赞他的为人，他的朋友不论贵贱，都与他合得来。每逢寒暑假，他的学生就从天南地北会聚于此，和他吃住一起。我对他说，你的学生对你真好，比我对你还好。他的学生就说，主要是老师好，真的，老师真好。在我的老家，我的亲戚见到他比见到我还开心，还要亲热。

有时，同事间，邻里间，有些小事，我纠结，对他滔滔不绝。他一句话扔过来，鸡毛蒜皮的小事，能不能想点其他的事呢？一句话点醒梦中人，我立即不好意思笑了。去年，在单位，我兼任了财务工作，他立即警告我，管钱，更要谨慎，千万不要乱来，不要因小失大。

有一次，两人待在电视前观看感动中国人物颁奖，我对他说，我们省吃俭用，再去资助一个贫困学生吧，他立即微笑点头。那一刻，我感到非常欣慰，为他的仁慈厚道，为两人相同的人生观、世界观。我们之间，不是那种如胶似漆恩恩爱爱形影不离型的，但我们这种相敬如宾、相处和睦，也算是志同道合吧。

老公工作勤勉、踏实，每天早出晚归，从学校团委书记到办公室主任到政教室主任。二十一年里，兢兢业业。有人说，在学校的发展史上，他立下了汗马功劳。由于他不擅长或不屑于钻营官场，他每年的提拔，群众呼声最高，但都未能如愿。我想，公道自在人心。几年前，他调入教育局。大家说，好人应该有个好的结局。

老公这辈子没当过高官，也不会做点生意赚钱，但他活得磊落，活得坦荡，活出了一个人的尊严与价值。而一个人，如能本分勤勉努力踏实地走过一生，不也是一种人生大境界吗？

相处时间愈久，两人越走越近，两人的缘分也越来越深。佛说，百年修得同船渡，千年修得共枕眠。此生的每一日，也在修行，彼此理解、包容、帮助，善缘就会越来越深，这样的

172

面善，亲切，已经关乎生命三生的事了。可以断定，下辈子，我们还会相逢，因为我们是亲人，是永生永世的亲人。

# 父亲，我们的父亲

这几日，皮肤过敏。医生说，要忌口。于是只买了豆角，也不炒，直接煮熟了加点油盐，合着饭吃了一天。第二天，病情不见好转。

妹妹说，打电话问问爸爸吧，他懂的。

拨通了父亲的电话，那边传来了他爽朗的声音。哦，只是皮肤感染吗？在确定我只是皮肤过敏后，他的语气舒缓了。

牛肉、葱、花生、豆腐之类的，不能吃，父亲说。

豆腐不能吃，那么，豆角能吃吗？它也有好多豆角仔呢。

能吃，没问题。豆腐是因为在黄豆里加了石膏，如果是炒好的黄豆，吃了也没问题。

哦，是这个原因。

嗯，所有的蔬菜都能吃，没问题。

哦，我知道了。

呵呵，那边传来了父亲放松的笑声。

父亲，永远是我们的主心骨。

记忆中，我从来没见过父亲住院、打针，连吃药的印象也是很模糊的。父亲也有过头疼脑热的时候，母亲就用生姜、辣椒煮一碗蛋花，他吃下去，睡一觉，出身汗，就神清气爽了。

小时候，我的身体很不好，经常感冒发烧。我记得很多早晨，起床后，晕眩得走不稳路，蹲在大门边上，呕吐。母亲干完活后，带我去医院打针吃药，父亲就会说，这点小病，没有什么大不了，坚强点。在父亲的鼓励下，我的底气也足了，果然很快就好了。

后来，我长大了，身体很好，很少生病了。但父亲那种坚强、淡定渐渐影响了我们几个子女的个性，面对人生的挫折，也能做到坚强、淡定、坚韧。

母亲不在的十五年，他一个人，里里外外，洗衣做饭，教书种田，让四个子女全部完成学业。但是，这些年，他的悲痛、艰辛、劳累，都隐在他的皱纹、白发和微躬的背里，我们从来没看过父亲懊丧叹气过，或者抱怨过。

退休后的父亲，不打牌不抽烟，种田种菜，生活极有规律。我们几个子女，回到家里，感觉不到没有母亲不在时的不适。有时候，我们会把生活中的困惑、苦恼，向父亲倾诉，父亲就会为我们解疑，疏通我们的思绪，坚定我们的信念。我们舒坦了，又以平和、饱满的心态投入生活和工作中。

每逢周末，三姐妹之中，只要有一人发起，其他两人立即响应。然后，打个电话告知父亲，三人约好一起回到家乡。父亲早已晒好几个子女房间的被子，煮好饭，炒好菜，尤其是我们小时候最爱吃的红烧茄子，等待着我们了。饭桌上还有父亲酿的水酒、黄米酒。我们和父亲聊天，吃几筷子父亲烧的菜，再喝一口父亲酿的酒，那种儿时曾有过的淳朴味道，浓浓地，沁入肺腑。这种天伦之乐，人间哪有呢？

父亲说，年初体检，他有高血压，立即戒酒，早餐改吃馒头，每天量量血压。在观察一段时间后，他得出一个结论。说，凡事不要走极端，也不要盲目相信医生。酒要少喝，不是戒掉；肉要少吃，也不是不吃。因此，他每餐喝二两酒，吃少量肥肉，血压很正常。

我们几个子女听了，都点头笑了。

一个月前，父亲被村里老年协会派到城里学八段锦气功，学完回来后，便把每天早晨的做操，改为练气功。奇迹出现了，以前不能上举的右臂能上下自由伸展了；以前蹲的时间久了，就会有晕眩站立不稳之感，现在，这种感觉消失了。父亲说，气功真是神奇。

我们听了，又舒心地笑了。

父亲，我们的父亲，年少的时候，是我们坚强的后盾，我们长大了，他还是我们坚强的后盾。

小时候，很羡慕别人父亲的慈祥，总觉得自己的父亲过于严肃、强势。如今看来，我们的父亲，也是独一无二的，他的英俊帅气，他的结实强壮，他的坚强能干，他的聪明智慧，他的内敛自律，他的不畏强暴，他的沉静淡定，现实中，很难找到这样完美的男人。

现在才明白，有这样的父亲，真是我们的福气呢。用坚韧、坚定打实了生命的底子，人生，会来得更从容、淡定、平和了吧！

# 陪你一起看草原

　　这个初夏的夜晚，还有什么比去公园跳露天舞更美的事情呢？

　　四围树木葱茏，空气新鲜得仿佛置身深山老林里。朦胧的霓虹灯隐在高处的树枝间、近处的花池里，在各种形状的叶子上投下点点柔和的光圈。微风拂过来，带着清新，带着微凉。近五十对的中老年妇女，动作整齐划一，踏着优美的舞曲，忘我地翩翩起舞。双双对对旋转着、旋转着，携手前进两步，再次优雅地旋回来一个圈，又一个圈……

　　每天晚上都会跳到这个舞曲，听不出具体的歌词，但每次都跳得很沉醉。这个世上，有一些人，一些物，一定与你有一种天生的亲缘或心灵的契合，那是一种灵魂的血脉相连。就像这首曲子，当深情、婉转、舒缓的旋律在耳边响起，你会感觉到思绪被紧紧地攫住，越过绵延逶迤的崇山峻岭，飘过袅袅炊烟的田野村庄，徐徐降落在一望无际的绿色海洋里边。那里，没有忧伤，没有恐惧，没有懊恼；那里，只有和风舒畅，只有阳光明媚，满足舒畅，就像回到了小时候母亲的胸膛。

　　那么多的人，一起跨着同样的舞步，沉醉在这首优美的旋律中。此刻，高楼静气屏声，默默欣赏；隐在树枝间花池里的霓虹灯、叶面上柔和的光点，流溢出的都是喜悦和欢笑。

一直不知道，这个曲子的名称是什么。直到有一天，听到办公室同事的电脑传来这个熟悉的旋律，一震，打听，知道了美得惊心的歌名——《陪你一起看草原》。

因为我们今生有缘，让我有个心愿，等到草原最美的季节，陪你一起看草原。

去看那青青的草，去看那蓝蓝的天，看那白云轻轻地飘，带着我的思念。

陪你一起看草原，阳光多灿烂，陪你一起看草原，让爱留心间。

因为我们今生有缘，让我有个心愿，等到草原最美的季节，陪你一起看草原。

去听那悠扬的歌，去看那远飞的雁，看那漫漫长长的路，能把天涯望断。

陪你一起看草原，草原花正艳，陪你一起看草原，让爱留心间。

也许有点醉酒，回家后，我搜索到这首歌，当歌词和旋律缠绵一起时，我的泪水立即像小河一样流淌下来。

亲爱的，因为我们今生有缘，我们才会在同一个时间同一个空间相遇、相识，甚至相知。我们应该要怎样来珍惜这来之不易的缘分啊。那么，我们一起去看草原吧。也许我们正青春年少，也许我们已白发苍苍，但只要还走得动，我们也要颤颤巍巍相扶相携地一起看草原。

不一定是春天，不一定是草原最美的季节，但那一定是一个白云飘飘、清风习习的好日子。我们握住彼此温暖的手心，告别滚滚红尘，卸去俗世的喧嚣，披一身阳光，驾一袭清风，去那魂牵梦绕的美丽草原。那里，有青青的草，有蓝蓝的天，有悠悠的云。清晨，我们并辔而行，看太阳从东边冉冉升起，看大雁在空中徐徐飞行；傍晚，我们躺在如茵的绿草上，听草在风中唱歌，看云在头顶飘荡。抛弃俗世的牵牵挂挂，我们像孩子一样对着草原放声大喊、开怀大笑。我们的笑容纯粹又灿烂，我们的眼睛干净又明朗。

越是朴实的文字，越是最深情的歌谣；越是简单的承诺，越是最持久的誓言。每一个沉溺在生活名枷利锁中的人们，只要听到这优美的旋律，心灵都会受到震撼。红尘里，什么才是最令人神伤的？人世间，什么才是最值得我们珍惜和追求的？

也许，我们迫于生计，奔波于熙熙攘攘中，忽略了最真最美的生命本真。那么，请多听听这首生命纯粹的歌曲，和自然相伴，和草原相亲，和长调马头琴相依，和自由欢快相识，和简单的生活、淳朴的心灵紧紧拥抱，让灵魂放飞它真正的意义和价值。因为，陪你一起看草原，才是我们生命里最完美的相伴。

# 这一段路

这段路程只有七十五里，坐车只需几十分钟。

小时候，我们从家里出发，沿着这条路，去城里求学。后来有了工作，又从城里，沿着这条路，回家。

路的这头，是我们的根；路的那头，是我们谋生之地。累了、倦了，就沿着路，回家，修心、养心。

不知道多少次了，也不知道多少年，我和妹妹，选择夏天的黄昏，骑着摩托车，兜着一路凉风，回家。

是前世的约定，我们今生，血管里流着相同的血液。你一出生，我就带着你，然后供你上学，让你走向属于你的人生。

也是前世的修行，我们性情相投，情深意笃。有点假小子的你，总是骑车带着我，一路上，说不完的话，开心、惬意、大笑，笑声飘在黄昏的凉风里，洒落在路两旁的绿意中。

偶尔，我们还坐公汽，只要有亲人在一起，再简陋的坐具，也有如家的温馨。何况，窗前沿途之景，仿佛又回到求学的美好年代。

十几年了，路在不断地老去，又不断地翻新，我和妹妹也一起老去。或者说，人和路都变了，但心境没变。

感谢上苍，有这样一个妹妹陪伴，这一条路，有了快乐和人情味。

母亲在世时，我们回去，是完整的和美。母亲不在时，十五年了，父亲一个人，教书，种田，做家务，里里外外，收拾得整齐，熨帖，我们感觉不到没有母亲时的不适。路的这头，是我们对父亲的牵挂和不舍。

路的中途，住有外公、外婆，他们的房子，正好在路边。途中，停车，看看他们，说说话，聊聊天，眼眸里流露出的，是亲人的暖意。

母亲去世时，外公外婆已过七旬，白发人送黑发人，无常，无奈。两人相扶相携又走过十二年。这一年，八十五岁的外公先走了。有人说，外婆头脑清醒，说话层次清楚，再活个五年也没问题。但第二年，外婆就随他而去了。

这第二年，她一个人，端端正正地，天天坐在门边，望着马路上来来往往的车辆。有几次，我从路上经过，瞧见外婆单薄的身影，和她凄切的神情，让人潸然泪下。

最后一天，有点感冒的她，起床后，依然像往常一样坐在门边，望着路上来来往往的车辆。她觉得全身无力了，起身，扶着墙回去躺下，无声无息地，走了。门前路旁，草木繁盛，她种植的木槿花开得正艳。

踏着路旁齐膝的荒草，沿着曾经送外公上山的路，送外婆上山，将他们葬在一起，从此，安息。

也从此，这条路上，空虚了一程。

人的一生其实很快的，一晃而过，如白驹过隙，忽然而已。很多事情应该看得明白，学会放下，修向内心，才是没白来一趟。

　　但是，人生其实是一本需要眉批的书，名利和一切都可以变卖，唯有情感不可以装帧。很多人，可以做到淡泊名利，唯有"情"难以割舍，就如同，这一段路，牵扯下的情与缘，是我今生的宿命。

# 落寞梧桐

落寞梧桐（姝亦），今天是你的生日，有很多话我想说给你听。

这些日子我一直在想着你，惦记着今天这个美丽的日子。每天下课后，我都要在教学楼三楼走廊上流连忘返，看那披一身红红黄黄叶儿的梧桐，立于一排高大遒劲的樟树之间，姿态嫣然，夺人眼目，挺拔中有俏丽，娇艳中不乏温柔。这总让我想起了视屏前的你，一米七的身高，亭亭柔美。天生的微卷金黄披肩长发，衬着白皙光滑的脸庞，清纯美丽，又充满女性的娴静。再听着你播音员般的声音与标准的普通话，内心里便有温暖在静静地流淌。

前天的作文课上，为了训练学生的想象与联想思维，我指着窗外那棵梧桐，要求他们观察思索并展开联想。其中一位女生说道："美丽的叶子一片片落下，就像我的同学，一起学习一起生活，但最终都离开了，剩下光秃秃的枝干，就像我孤独落寞的心……"她说不下去了，整个教室里静极了，学生们都脸有戚容。转头细观那梧桐，树顶果然露出光秃枝丫，这"落寞"二字也深深地攫住着我的心。

相对男人来说，女人的落寞有如林荫中一朵随风摇曳的小花，可感可触，美丽易懂。当读到"庭院深深深几许""独抱浓愁无好梦"这样的诗句，就会知晓，这个女人在寂寞着。这样的落寞如果我们深入潜进去，就会发现，落寞在那里触手可及。尤其当另一个落寞的女人与之相遇，立即会产生心灵的契合。

我与梧桐就是在这样的落寞气息中走在一起的。

人世间的事，想来也真这么巧。时间无限，空间无限，叠合千次万次，偶然漏下这么一丝空隙，同样落寞的我们没有早一步，没有晚一步，就这样在网络相遇相知。尤其是我刚上网就遇到了心灵契合的朋友，这常让我对上天心存感激。

这个九月，我不小心又一次跌入了深深埋伏在心底的忧郁陷阱，这个与生俱来的我时时刻刻提防着的陷阱。但是，这一次我陷进去了，不可自拔也不想自拔。因为我知道，凡是那些你越想躲避越想克制的东西往往有着不可名状的诱惑，这种诱惑随时会在不经意间袭上心头，让你成为它的俘虏。这个时候，落寞梧桐带着她的"深院锁清秋"，带着她的"无言独上西楼"，跌跌撞撞地闯进了我的心扉。突然间地，彼此不再孤独，不再落寞，生活就充满了快乐欢笑。我也无法解释，我们之间就这样地有了一种心灵的依赖，一种心灵的默契感。

正是因为这种心灵的交汇，梧桐在我文中总能找到那种契合点，也许她自己并没有意识到。她根本就用不着刻意去寻求，去探索，她凭的就是那种天然的嗅觉与敏感，在我文章中嗅到了隐隐约约的忧伤、落寞、凄凉。然后用她同样落寞的笔在文后留下她的直觉。《又是秋风乍起时》《只有桂花香暗飘过》《美丽的日子》《我心已闲》中的评论竟然让我有种灵魂的颤动，泪水也喷薄而出。她自然敏锐的嗅觉不仅看到了文中的落寞，同样也探索到了我内心的隐秘。

然而梧桐的落寞不是那无所依附、对镜自怜、满腹幽怨的女子渴望男人肩膀似的无力的落寞。她的落寞是有分量的，是作为树的形象存在的。现实中的梧桐，是一家销售公司的老板，与之打交道的都是有钱人的太太夫人。她们每天所做的就是玩牌美容逛街，都四十岁了还保养得像二八佳人，可是一说话就满嘴粗俗不堪。她们的言谈举止，生活的浮华，精神的空洞都让梧桐觉出了深深的落寞。

原来梧桐的落寞是不随流俗的孤独，是追求内心洁净的寂寥。所以我想，落寞的人一定因为寻求人性之真之善之美而甘愿独善其身，而这种落寞体现在梧桐身上是她的宽容善良温柔以及价值观的取向。

打开她的个性空间，她对"我"是这样阐述的："我用一颗真诚的心，用一张真诚的笑容，来面对所有与我同行或擦肩而过的人们！"

她对"朋友"是这样说的："我学会了宽容，因为我知道这个世间确实有真情。我学会奉献，因为我知道有句话是对的。付出不一定有相应的回报，但没有付出就一定不会有任何回报。我希望我的朋友都能幸福；我希望我的朋友每天都在微笑。"

这些内容也体现在她发表过的两篇文章《我的老公小歪》《请你们一定要幸福》中。

她的文字细腻优美，像珍珠般晶莹泛着柔和的光芒。梧桐因为忙，仅写了两篇文章。但我从她文字中的语感，她的评论，她的小组小结已经看出，将来的梧桐，文章一定和人一样光彩夺目。

祝梧桐生日快乐！！

# 请你去爬云阳山

　　这个冬天，阳光好得像要醉了，总是那样微微地笑，像儿时奶奶的怀抱，温暖，祥和。于是，按捺不住内心的向往，抛却俗世凡尘，驱车来到云阳山下。

　　这里，所有的树木都是那样率性坦然，自然张扬生命的本色：成排的杉树舒展双臂，仰头向天；松树或弯或直，定格成某个舞蹈造型；无数灌木纵横交错，相互缠绕；无数不知名的草儿擎着或深或浅的花儿，在风中兀自摇摆歌唱。这里，没有谁会注意你，不知不觉间，你会摆脱无名的羁绊，放松疲惫的灵魂，放飞心中隐秘的心曲。莱蒙托夫就说过："当我们远离尘世而跟大森林接近时，大家都不由得变成孩子了，心灵摆脱了种种负担，恢复了本来面目。"此时，你可以自言自语傻子般微笑，可以蹦蹦跳跳孩子般手舞足蹈；你可以抚摸花儿，可以牵扯树叶茅草，可以长久地与山林对视。

　　川端康成说：大自然的美是无限的，人发现美的能力是有限的；美是邂逅所得，美是亲近所得。某个黄昏，圆月早已升起，在你身后亦步亦趋，而你浑然不觉。爬到某个高处，眼前豁然开阔，只见夕阳西下，漫天鳞云，漫天霞光，被夜幕涂抹几笔的群山显得沉静而神秘。回首，圆月正躲在树梢枝头，静静地望着你，此时此刻，圆月、疏林、霞光、鳞云、起伏的山脊，构成了一幅绝妙的水墨画。此景，也只能在此时此刻才有，遇见了，便是有福之人。逢到微雨，撑把伞，细细密密的雨围绕着你，层层叠叠的雨声包裹着你，你会觉得温暖而富有诗意。爬到某个高处，雨停了，脚下云雾缭绕，大片大片的云从西边弥漫过来，对面一截黛青色山峰，悬浮于白云中，那样庞大，那样醒目地与你对视——从来没有与一座山如此亲近过，你会真切地体验到什么是崇高和伟大。再过一会儿，对面的山峰也不见了，此时，分不清东西南北，整个世界成了白蒙蒙一片！那一刻，你会惊惧，在大自然的伟大与庄严面前，人是多么渺小！

所以，走进云阳山，就是走进美，走进博大与深邃。不必说赤松仙的沧桑、南岳大庙的祥光、神龟谷的仙人脚等名胜会带给你怎样的思索与启迪。这里，花与树的缠绵，云与雾的交融，风与雨的相伴，无处不是诗的绝唱，无处不是艺术的流淌。当你走近树林，鼻翼里就充满了青涩的气味，那些枯黄的草儿在夕阳下泛着柔柔的光，小鸟在树丫间飞来飞去，有时双双落到你面前，大大方方、满不在乎地站着，不知名的虫儿在树干上匆匆忙忙地爬来爬去，所有的生灵都充分享受天然主人的特权。闭目静坐，林子里所有的天籁之音都曼曼妙妙地入耳来。秋虫唧唧，鸟儿啾啾，风声瑟瑟。那随意的姿态与声音，凝聚着一种沉寂与神秘，滋润着你的乡愁与诗心，让你神清气爽，脱胎换骨。去爬云阳山吧，爬一次山，就是一次精神的洗礼，一次心灵的洗涤，你将变得成熟、聪明、豁达、坦荡，洞悉真理。

# 落叶纷纷

这个冬天的夜晚，读叶子的《落叶有痕》。

橘黄色的封面上，飘几根带叶子的枝条，使得封面像一枚纹路清晰的落叶。

窗外北风呼啸，窗内炉火很旺，一枚精致的落叶，沉淀着历史的记忆，诉说着岁月的有痕。

扉页上的女人，叫屈瑛华，是银行高管。白嫩的皮肤，洁白的牙齿，高挺的鼻子，亲切的笑容。和她聊过，坦荡真诚，率直乐观，大女人风范。你是什么样的人，别人也会对你怎样，叶子，我是喜欢的。

翻开文字，细腻的笔触，敏感的心思，小女人性情，我也是喜欢的。

看到落叶二字，总是想起王维的"人闲桂花落"。那个在桂花树旁的人，也许站着，也许坐着，也许悠闲地漫步着，但不管他采取怎样的姿势，一定有颗不受外界打扰的悠闲的心，才会看到"簌簌"落下的桂花，才会闻到桂花飘坠时散发的丝丝芬芳。这场景，令人神往。

我办公楼前，有一棵古老的大桂花树。花盛开时节，地下，落了一层圆形的青黄。有个晴朗的中午，忍不住站在树下，看纷纷的桂花像雪花一样落在头上、衣服上，体验那个人的闲情，内心里有着说不出的快乐。

叶子自己说："不知什么时候，什么原因，自己起了'飘逝的落叶'这个笔名，伤感、衰败、凋零，让人心痛，这与我开朗的个性似乎没有本质的联系，可我却非常喜欢这个名字，或许在我的骨子里还有一种排遣不开的情结。尤其，每到深秋，每到落叶飞舞的时候，我好像看到了一个孤独的舞者，在人生的舞台上徘徊、挣扎。看到那些老去的叶子缓缓飘落，我真的很想很想把这些掉落的叶子再轻轻地接回树上，让它不离开它的依恋……"

我个人的理解，这就是叶子内心的落叶情结：有点诗意的闲情，有点浪漫的才情，有点落寞的悲情。

"飘逝的落叶"，于空中飞扬，姿态是优美的，诗意的。读叶子第一辑文字，感觉的就是这种诗意的闲情。在《品一缕秋静》一文中她写道"每一个秋天都沉醉安静，秋天成了我情感中的一个温柔的劫""秋阳把我的心烘暖了""我轻轻闭上眼睛，用一种深情，去吻那温婉的咖啡，品一缕静，内心的秋静，藏在心里，有点陶醉""此刻，感到连窗外的月色也品下了。内心只有静，没有忧郁"。

缘于这种情结，大自然中每一朵花，每一片落叶，每一缕阳光，每一丝凉风，甚至是十分细小的人生际遇，都会触动她内心的诗情，被她敏感地捕捉，发乎笔端，形成如水的文字。在《燕子飞来又飞去》中，平常人很少注意到食堂屋檐下的燕子，它"轻巧敏捷，身子一腾，宛如飞天女神，飘飘悠悠"

的姿态和燕子窝的温馨、祥和安宁的氛围，被她捕捉到了，描述得惟妙惟肖。她的散文《一抹柔情总似水》《阳光下，生命执着》《承载一片落叶的情》《雪中聆听》，等等，无不体现她敏感的心思，细腻的笔觚。

叶子的散文，笔触细腻，笔调平稳，气韵和谐，散发着一种幽静、轻灵、肃穆之美。像小桥流水娓娓而来，似清泉汩汩流淌，似雪花在清风中轻轻地旋，那样轻盈，那样幽美。

无论是她的抒情散文，还是叙事散文，都能感觉到她气韵的平稳与和谐——没有大气磅礴，却极有渗透力，以温婉而韧性的方式进入你，让你进入到她的世界感受到她柔和的光亮。

也缘于这种诗意的闲情，在《暖暖的亲情》里，她深切地感受到了婆婆和公公对她的关心和爱护，《幸福麻辣烫》中做饭的老公，《年味十足的豆包》里感受到"她在炕上包，婆婆往锅里放，公公把蒸出锅的豆包捡出来分割出来，放在盖帘上晾"的其乐融融，还有《回望那一份感动》《冬日暖阳》，还有和女儿姐妹似的亲情，这时候的叶子，是自由的、欢快的、惬意的、幸福的。

叶子散文中的悲情意识，主要体现在对生命、人性等方面，更多地体现为形而上的哲学意味，这一切缘于她的天性的善良和敏感。在《孤独的守望》里她写道"当我看到那飘然坠落在荒野路边的叶子时，我的心也随即一颤。可以想象她在荒野中的孤独，但我难以想象她在孤独中内心留存的热烈。虽然孤独，她依旧要无悔地飘然坠落，不管是否有人欣赏，她都热烈执着地舞蹈着、飘落着。我知道她内心的力量，那是无悔于付出的高尚姿态，这种姿态让生命焕发出应有的神采，让生命在飘然坠落中升华。"

因此，叶子的悲情意识是高调昂扬的。在《一个母亲的悲情人生》中，丈夫离妻子而去，妻子和父亲带着一个脑瘫的儿子，坚强地活下去，把爱承接并传递。

叶子还有一个网名叫"麦穗"，这个名字和落叶有着相似的地方，都和自然有关，都和生命有关，都和收获、凋零有关，他们都是孤独的守望者。但是作者感动于树木守望的姿势和执着——风雨无阻，始终昂扬向上，守望心中追求雨露追求阳光的梦想，将风雨化作内心不悔的执着。

叶子是诗意的、善良的、细腻的、悲天悯人的，又是大气的，豪爽的、坦荡的，是大女人风范和小女人性情的完美结合，这也注定了叶子人生的丰富和幸福。

# 街边修锁的男人

　　学校斜对面的街道边，有个修锁的男人。记不清从什么时候起，他就守着修锁摊静静地坐在那里。

　　他近五十岁的样子，皮肤微黑，身材不高但很魁梧，着装朴实、整洁。我第一次见到他时，有点吃惊。他有一张国字脸，是相术上所谓的"天庭饱满，地阁方圆"之福相。而他鬓边微露的白发，又为他添了几份贵气。这使得他在人群中格格不入。

　　我每天出了校门，横过马路，都会不自觉地注意到他。我买了菜或者到对面书店借了书回来，再次经过他的锁摊时，我用眼角的余光也察觉到他看我手里的书和菜。我试图从他眼里找到我平常习惯见到的东西，自卑、艳羡、嫉恨，哪怕一丝，令我更吃惊的是，他的眼里什么也没有！

　　我习惯了街边守摊者那些贪婪嫉羡、察言观色紧盯顾客钱包的眼神。他们争相吆喝，各种复杂的眼神在顾客身上相互交叠，令人不自在但也令人悲哀。我也见过不少卑微的生命、卑微的眼神。曾经一位老大娘拿着一把东汉菜对着顾客说，买了吧，只要一毛钱就够了。她的眼神有让人心沉的感觉，他们不知道，正是因为他们对这个世界默默的奉献，许多人才能拥

193

有富庶的生活。

我曾经在报上看过一篇文章《作家修鞋摊》。这是一位省作家协会会员写的。写的是自己亲身经历过的事，他在他的鞋摊前打出作家修鞋摊的招牌，吸引了无数顾客，生意也很红火。在文章里他还写了自己的设想，将来还想开个大点的修鞋店铺，把生意做大。他的文字里洋溢着豁达开朗，积极乐观之情。我想，他的眼里，也一定流露出喜悦之情。

我还见过一位年轻的小伙子，在他的水果摊上放上录音机，让美妙的歌声回荡在色泽诱人的水果间。他并不像别的贩子一样招徕客人，而是一心欣赏他的音乐，对来来往往的顾客视而不见。也许正是因为他眼里的无意，却吸引了不少顾客，生意也较旁边贩子好得多。这小伙子的眼里，有的只是一种悠闲自得之情。

但是这位修锁的男人，他的眼里全然不是这样的。他的眼就像一池秋水，没有任何涟漪。他的平静与镇定着实令人吃惊。他的旁边还有几位修锁人，当人们拿了钥匙走到他们旁边时，他们并不吆喝，但他们的眼神里流露了某种欲望与渴求，还有隐隐的喜悦。有人走到他身边，说声配钥匙，他接过来，默默地做事，什么表情也没有。有一次，我看到一位顾客，先走到他的身边，站了会儿，犹豫了下，又走到旁边一位中年妇女的修锁摊前。我注意到这位修锁的男人，并没有往旁边锁摊瞧一眼，而是像往常一样淡淡地望着前方，眼里什么也没有。

每天我们都是这样的，他望着行人，也望着我手里的书与碟。我用眼角的余光感受着他的平静，彼此间形成了一种默契。没有自卑与羡慕，没有嫉恨与贪婪，就像这大自然中高山流水、蓝天白云、花草树木之间的和谐自如。在他面前走过，只觉得自在和安然。

我以为我们之间会永远保持这种默契，老死也不相往来。可是一个偶然的机会，把我跟他推上了一个很尴尬的场面。

那是暑假补课期间，我在教室里正讲着《诗经三首》中第一首《氓》。离下课还有十分钟的时间，班主任领着他进来撬开讲台前多媒体外壳铁皮上的锁。面对学生欢欣的笑脸，他仍然很平静地拿出撬锁工具，一心一意地工作起来了。课也随着他撬锁的乒乓声继续。"信誓旦旦，不思其反。反是不思，也已焉哉！"在讲到课文最后一句的时候，我说誓言只是美丽的谎言，谁相信了，谁就是傻瓜。没想这句话引起了学生关于誓言的讨论，教室里笑声不断涌起，隐隐约约地，有种不安袭上心头。我侧过头看那位修锁的男人，他正专心致志地工作，心无旁骛，脸上没有任何卑微的表情，所有这一切仿佛与他无关。我又找到了那种默契安然的感觉。

许多日子后的今天，当我看到《幽窗小记》中的一副对联："宠辱不惊，看庭前花开花落；去留无意，望天空云卷云舒。"突然想起这个修锁的男人，我觉得周围曾经引以为自豪和自卑的东西是这样的毫无意义。

# 缘起，在留白间

　　昨晚一宿未睡好，总想着稻城和稻城的书；心，不安，不安。其实，远在梅子和梁争在群里宣布整理稻城文字起，我就在想着，这个奇异的女子，奇异的文字，和奇异的人生。

　　今日看到梅子的《<开在留白的那朵荷花>编辑手记》一文，才知道，昨天是属于稻城的日子，难怪我心神不宁，虽说阴阳相隔，我仍然能感应到彼岸的稻城，这是我们之间的缘。

　　这是怎样的缘呢？去订书，梅子问，你也喜欢稻城的文字？记得你来的时候，稻城已经离开了巢。我说是的，我从未和稻城交流过，但我很喜欢她和她的文字，我也是她的粉丝。

　　刚去巢里，遇到2004年"三八"妇女节征文，也用笨拙的笔写下一篇《永远的油菜花》，文章后面，赫然有稻城的评论：

　　"夏日荷，一颗赤诚的心，会赋予朴素的文字以感人的生命力。这篇文字质朴动人，远远超出了许许多多华丽却空洞的文字。只看这句吧，仿佛看到了一个中国乡村典型的好得让人心疼的母亲。她还责怪父亲说：'早知这样，何必花那么多的冤枉钱呢。'"

那时稻城，是巢里重量级写手，每发一篇文，点击都是上万。她能点评我的文字，我惊喜，有点受宠之感。

将近一年的时间，我几乎没进巢。等我再进巢，稻城已经离开巢，不久，就永远离开我们了。我文章后面留下她唯一的评论，她的真，她的香，她的纯，她的纤尘不染的洁净。

喜欢就是喜欢，对上号了，对上脾性了。人生只是初相遇，文字只是初相识，多完美，又多遗憾！原本也想，与稻城的友谊，有山山水水，甚而大喜大悲。不承想，哎，注定了，缘分，只在留白间。

稻城说，留白，无墨之所，意象汪洋，心念恣意驰骋，那里，才是最美的所在。可名可状的美，往往不是最美。黯长的时光隧道里，我最爱的那朵荷，开在心底无尘之处，开在留白的明亮一隅。

也许，缘起，在留白间，才是最美。

当初，并不懂得荷的内涵。只因喜极《梦若心莲》这首诗：

这个季节，因为你的悄然而来，梦便如莲，在心湖上徐徐展开。
轻轻地，你的影子像风，久久地，久久地在湖面上徘徊；
静静地，你的名字似月，悄悄地，悄悄地沁入心怀。
绚丽的季节，语言似乎没有了色彩，沉默的过程啊，心跳并不是一段空白。
谁说日子久了，感觉就像冬日的枯树，渐渐地只剩下一种简单的姿势；

缘何，这一季里的荷香，熏染了梦里的期待，又萦绕于梦外的情怀？

抄给身边的同事和朋友，从此，被人称为"夏日的荷香"。也因此，成了我的笔名。多年后的今天，我想到了这个名字的艳丽、张扬，心生惶恐，惊讶于当初的大胆。有位哲人说，一个人的笔名，不会乱来的，也是注定的。也许，在我阿奈耶识深处，原本也和稻城一样，向往着那神圣纤尘不染的境界？只是我愚钝的心，后知后觉，并没意识到，是这样的吗？

稻城说，如果要在这一世植一朵因缘的花，在不长不短的一生里，我愿在浊世无忧的心中，像爱一个人，开一朵最爱的花，它的名字，叫荷。

终于明白，是荷，让我和稻城走近，哪怕只是擦肩，留下一脉香，也是永恒。

在留白的日子里，幸好，有梅子和梁争的整理编辑，我才得以走进稻城的文字世界里，梅子这个傻得有点可爱的女人啊，说感谢已显得苍白。

整整一天一夜的时间，我沉在稻城的文字里，稻城的世界里。她是天生的舞者，写作的精灵。她写亲人，写朋友，写工作，写爱情……文字在她手里，有如千军万马，任她驾驭、驱使，她随意地一挥手，随意地排列组合，就是精彩，就是精美。正如梅子所说，如果有一个人能够让稻城明白文字和生命责任感的担当，她一定能"成长"起来，她没能正确估价自己写作上的才华，没有看到文字的价值，她轻轻地放下了属于自己的责任。

于是，和梅子一样，越读稻城的文章，遗憾也就越深，稻城的离去，让人痛心、痛惜。

一直不知道稻城是什么，也不知道她为什么叫失心稻城。读了《心中的稻城》，终于明白，稻城是一块梦魇的净土。千万年来，安卧于无数世纪的冰河之底，躲避着猎奇者贪婪的眼睛。稻城，有世人想象得到的一切，有世人想象之外的一切。它，是她心中干净绝美的风景。

曾经三年，她不看书、不写字，怕人戏不分。可到底她吐了一大口要窒息的泥土，爬出了那个坑，她逃来逃去，只为想活成稻城，一干二净，绝世的洁美。

可她逃得了吗？她还是逃了，只留下一个孤独的背影，那个背影里，疯长着洁净的一切事物，海子丰美，牛羊成群。那个背影，有个美丽的名字，叫心中的 稻城。

上帝说，我们活着，每个人都是有使命的。我们都追求至善至真至美，但我们有不一样的活法。比如我，已预知，会活到七老八十，白发苍苍，眼里只有慈悲。而稻城呢，她以短暂的生命历程，绝美的文字，至纯的爱情，向我们示范着，为了心中的稻城，那干净绝美的风景，可以抛弃一切，甚至亲情和生命。质本洁来还洁去，人性中的澄澈之光从来就在，每个人本身就是稻城。

深陷泥淖的我们，如能被敲醒，哪怕只是一点儿反省，一点返回人性的本真，也是好的，这便是稻城的使命吧。

彼岸的稻城，至真至善至纯，开在净土里；此岸的我，根钝、慧浅，在俗世烟火里，跌跌撞撞地前进。我知道，离稻城的境界还很远很远，但我相信，总有一天，也许要经历几劫几十劫甚至更多的劫，我们会有重逢的那一天，一起开在心底无尘之处，在留白的明亮一隅。

# 老谭轶事

　　高一办公室气氛突然活跃了起来！

　　究其因，源于坐在我对面的谭玉伟老师。五十多岁的他，常着一身洗得发白的半新灰色西装，身材颀长，脸也长，鬓两边头发往头顶一耸，形成一小"富士山"，如此，他一米八的块头也就名副其实地"愈伟"了。

　　高一办公室因为有了老谭，人文氛围便浓厚了许多。他办事效率很高，凡事一挥而就。分内工作一完成，每天必做的便是看报，事无巨细他都看得极认真。一篇文章标题、内容、语言，他会反复推敲并加以评价；一张新闻人物合影，他会发现幕后策划者的良苦用心，他说由此"中华礼仪之邦"也可窥见一斑。他一边说话，一边指手画脚的，说到开心处便咧嘴仰头大笑，笑得很深很深，眼睛不见了，整个身子陷在沙发椅上，四肢像松枝一样乱颤。

　　有时，他会推荐好文章及含义深刻的句子让我们研讨，如"诗即是翻译中失去的那部分""伟大的作品是经得起印刷错误的"，等等。大家有问题都愿意和他讨论，诸如"萨达姆是否英雄""学校广播里每天播放的新疆名曲《半个月亮爬上来》

是啥意思"。

一日，刚在年级组会上批评了年轻教师谈恋爱的教导处主任问他，"本来要说小荷才露尖尖角，但后面一句不记得怎么说了"。他顺口溜道："早有蜻蜓立下头，说错了，立上头。"大家怔了半天，明白过来才开心大笑，办公室内外充满了快活的空气。

日子久了，大家发现谭老师酷爱诗词楹联，常写些聊以自娱。有写他禀赋的，如"不卑不亢，不馁不贪"；有记他座右铭的，如"看人生，要乐观；待同志，须诚恳；求知识，讲扎实；干事业，必认真。"他教案本上有一副嵌有他姓名的对联，内容是"谈（谭）说与做"的，联曰"玉（愈）言金口常常体现深思慎取，伟绩丰功往往伴随博学勤劳"。在他五十五岁生日暨结婚三十三周年纪念日那天，大门两侧挂有他写的对联："五十五年清清楚楚闯雨里风中而心仪似水授业传经随我乐，三十三载糊糊涂涂无花前月下却卿敬如宾生儿育女任其昌。"

前不久，高三一位语文教师外调，相处还不到一学期的谭老师又被安排去了高三。最后一堂课，他在黑板上写道：

欢快地我走了，
正如我欢快地来。
我挥一挥双手，
带走你们的可爱。

学生愕然：难道老师要退休了？他默认了，台下一片惨然——

第二天，在高三楼有同事戏称他"荣升"了，他顺口吟道：

悄悄地我来了，
正如我悄悄地走。
我看了看左右，
不过是换了一栋楼。

吟罢，大家的笑声溢满了整栋办公楼。

高三第一堂课，面对一脸好奇的学生他在黑板上写上一联"老牛作马可行千里？朽木为桃能换旧符？"然后徐徐道来："我这老朽有四不怕，只有一怕。我一不怕长期在讲台上声嘶力竭造成的嗓音嘶哑，二不怕长期在字里行间探寻带来的眼睛涩痛，三不怕为早辅顶着凛冽寒风以致身心颤抖，四不怕晚辅后冲向遥远黑暗拐弯抹角。我就怕误人子弟。所以我们要倾情配合，共同努力，把联语中的问号改为感叹号！"猛然间，台下爆发出如雷掌声。

嘿嘿，生活中可不能少了老谭这种人！

# 有个文友叫贝贝

七年前，也是这个季节，雀之巢的评论团史上，诞生了一个长发女子组（周日评论组）。云儿为头，我和梧桐水儿，几个长头发的女子，凭着一股淳朴的劲道，团结互助，读文写评，总结主持，成为评论团里一道别样的风景。

后来因为巢里改组，周六周日不发文，评论组也就取消了。长发女子组只存留了几个月时间，就像一朵花儿，刚开放，就结束。从此，以盛放的姿势，永存心中。

短短几个月时间，天南地北，来了十八位评论员。贝贝，西贝侯，大家都叫他贝贝，就是这个时候来的。

也许是刚上网，西贝对如何发文，如何评文，如何去论坛跟帖，都不懂。耐心地告诉他，他还是不懂。我们就笑他，贝贝，真笨。他也不生气，依旧傻呆呆地问这问那，大家也不恼他，毕竟人家心诚，为的周日组评论。大凡男人的傻与笨，总是带点憨有点呆的，如同猪八戒似的可爱。但他其实不笨，心底滑着呢。在《夏日荷花清又纯》一文中，他写道："西贝怎么听怎么温暖。西贝多想真傻，这样更显得她聪明，可惜他并不全傻。比如会写傻子写不了的文章，且会被误认为聪明呢，但西贝的傻夏日荷有自己的理解。夏日荷笑西贝傻的时候西贝就想象得出她略带嗲气的小样儿，这样想着心里就开始温暖了，整夜他都会情绪高涨，孤灯一样伴着夏日荷做事。"

读西贝的文字，却是另外一种味道，极有灵气及才气。一系列的西贝乡村题材，大气恢弘，呈现大手笔姿态，但又沉着淡定，一股凝聚之力，平稳之气，让人静中再静。也因为这种平静，文字被忽略，思绪和事物更能凸显生命本真一面。如此，宁静中，那种幽幽的情愫就这样淡淡地于文字里飘逸出来，萦绕不已。一切似乎漫不经心，一切又有丝丝幽情；一切似乎信手涂来，一切又都紧牵心怀。如白云轻游，如淡月挥洒，如深山里的微风，如古寺中的古颜，最后，化于掌心的，还有作者那颗静寂之心。

总觉西贝身上有种"痴磨"之气。西贝就问我，"痴磨"是什么意思，我说是我们的方言，他说还是不明白，我就说，不会八面玲珑却会一面独专，在某种事上有钻劲而忽略了人情世故之类的意思，西贝说，似懂非懂。

现实中的西贝，在一个小县城的纪委工作，大约是缺乏钻营之道或不屑于此道，西贝直到去年，四十岁了，才提拔到畜牧局任职纪检组长。西贝像突然又看到了政界曙光，一心向往，不料大都不如意。西贝继而死心了，也不计较，又回到他的文字中。

西贝的这种"痴磨"，却是极有利于他的写作的。他对文字的专注执着和独特的领悟力，使得他的文字安静老到大气，在巢里，呈现别样风景。七年间，在巢里能坚持写下来的写手不多了，西贝一直笔耕不辍。荆棘鸟一样，杜鹃啼血般，坚守，坚守。这些年，西贝的文字由松散渐渐收敛，直至收放自如，他是一位潜力股写手，也是一位能成气候的作家。

西贝有篇文章叫《别太把写作当回事》，其实我觉得他是太把写作当回事了。他对文字似乎有洁癖，简洁安静得出境。他对文章讲究境界，他说，一篇文章，只感觉到灵魂与思绪，忽略了文字，才是真正的好文章。他说，人生短暂，经历有限，对有限的这点经历题材要认真对待，不轻易写，要写就要精，哪怕是花一个月或一年的时间。西贝的文章，可以出几本书了，但他说文字很稚嫩，还不到出书的时候。

和西贝聊天，很多文友都能感觉得到他的这种"痴磨"。他会为了一个观点，使出浑身解数，与人理论，极尽雄辩之能事，甚至强辩，一路浩浩荡荡，天文地理，无所不能，直说得对方无招架之力，他才收兵。有时，闹得不欢而散，他也不放在心里，不计较。若有人在他文章背后说长道短，他从不在意。

西贝，是个大男人。

与西贝相比，我的写作就浮躁多了。有一点小文字，仓促出书，满足一点小虚荣。而从2007年出书后，再也没动笔，直到去年年底。这四年间，西贝一直在劝我不要放弃写作，他说，我们为了写作，在别的领域失去了很多，如果放弃，我们的付出和辛劳就浪费了。

有一段时间，我沉溺于牌桌，西贝立即说，对于一个写作的人来说，这是最让人痛心的事情了。去年年底，西贝又劝我，说不写可惜了，任何以工作忙为借口都不是理由，文学可以养老。也是机缘巧合，就冲他的文学可以养老，我终于又回巢，又拿起了笔。这次，能坚持多久，要看我和文字之间的缘。但心底，还是感谢他的谆谆不悔和守候的巢。

有时候，西贝也很沮丧，他被编辑留用的文字，没有发表。他说，荷儿，我该沉下心反思了。然后，一些时日不见人影。有时候，他的文章发表了，他立即在博客里告知，然后东瞧瞧西逛逛，疲累了，他的浮浪气又来了，在群里蹦跶几下，对着这个冲着那个，阴阳怪气几句，惹来几位美女的笑骂。

雀之巢成立九年了，在巢里守候了七年的西贝，还坚守在编辑岗位。几天前，西贝写了首《归心之歌》："你一走九年 / 何等辛苦 / 燕子。衔枚 / 金丝雀还有子归。啼血 / 燕窝与舌头撞击的滋味 / 在雀巢的温暖里丧失记忆 / 我听到玻璃碎声 / 一支箭 / 以及寒冷 / 骤雨，暴风 / 顺着归心之路回返 / 竟是短然一程 / 人生还有几个九年 / 我看到了百鸟歌唱 / 以及花开。"

总觉得，我们这些散在世界各地的灵魂，有着相似的信仰，依托于文字，安放在雀之巢，在此，彼此温暖，彼此欣慰。西贝，还有许多坚守在巢里的写手，如同燕子衔泥，杜鹃啼血，守巢之路，就是归心之路。写到这里，竟也动了情，眼睛湿了。为我们的巢，我们的友谊，我们的文字和我们的生命。

# 谢谢你，阿明

　　七年前，在一个飘着桂花香的黄昏，收到了阿明的两本散文集《听剑集》和《检索黑人阿明》，这是我第一次收到文友的书，莫名的兴奋和喜悦。书用牛皮纸封着，沉甸甸的，捧着觉得厚重丰富。扉页上留有阿明的手迹和印章，现实中的我们南北遥隔，可仅仅几日书就到了我的手里，多么奇妙的感觉。

　　那时候，刚拿起笔写点文字的我，读阿明的书懵懵懂懂，即便现在也不能说完全读懂，但是没来由的喜欢，说不出的好。巢（文学网站"榕树下"中的文学社团"雀之巢"）里他的粉丝很多，看到那么多人读他写他——读得深入透彻，写得精彩纷呈。于是，在我眼里，这个被称为巢里"精神领袖"的阿明，充满梦幻般的神奇。

　　不久前的一个夜晚，很疲惫，不愿做事。随意翻阅桌前的一摞书刊，一本接一本，难以静下来。突然看到久违了的《听剑集》和《检索黑人阿明》，竟是一篇接一篇，愈读愈精神。书中那种随意、率性、真情的文字就像和你当面聊天一样不经意间入了目入了心，读来轻松、痛快，又饶有趣味。正如一位老同志读了他的首部散文集《清明雪》后，给他写信说：

"寻寻觅觅，难得这样一本叫人看了还想看的文学作品；离休十载，头一回这样展卷神来而心动。作者强烈的主人翁责任感以及革除时弊的急切心情跃然纸上，其热忱、其锐气、其率真、其笔力，给人痛快淋漓的感觉。"也许正是这种直接从血管里喷出来的文字，不媚俗、不迎合、不雕琢、不讲究技巧、不附加任何功名利禄，才是文学的最高境界——自然的才是最美好的，真实的才是最动人的。也只有这样的文字，随着时间的流逝，越来越熠熠生辉。

在这率真随性的文字中，闪耀着他的灵性和才情，诗文相映，成为他文字的一大亮点。他心中涌动的那股诗情画意，使他焕发出男孩般的天真，也总是诱发着他冲出闹市，在天高地辽的广阔空间自由翱翔。这里，他的天性得以舒展，他的灵性得以抒发。随到一处景点，便会诗兴大发。如走进张飞庙，他大发感慨：凭栏张飞庙，北望云阳城。耳畔杀声起，震落满天星。长笛催人归，恕不送将军。船头频回首，江上夜风清。走进屈原故里，他灵犀暗动：为申江中屈子魂，放翁悲作楚城词。二千三百年间事，只有涛声似旧时。他感叹于巫山神女，他陶醉于西陵落照：夕阳西下西陵峡，满目江水泛光华，明朝大潮冲天起，神女落到百姓家。这样的诗兴在阿明的文字里比比皆是。即便在他的博客里，随心所欲的三言两语，也尽显个性智慧。现实生活中，接触过阿明的人都能感觉到他敏捷的才思和风趣幽默的言辞。于是我们不胜感叹，与阿明交往，他永驻的童真让人开心，他温厚的胸怀让人安心，他磊落的性情让人舒心，他敏锐的才思让人醉心。

阿明仿佛天生有一股号召力，他身上凝聚着一种领袖品质。在《检索黑人阿明》一书中，看他一路走过来的足迹，小学里是大队委员，长大后当团委书记、监察处长，人到中年做证券公司的老总、期刊主编，在"雀之巢"被我们的老大独上月楼誉为"精神领袖"……无论何时何地，身边总有人追随。他敢想敢做，敢作敢当，无论是酒桌上球场上，还是工作中，他的骨子里都自然流露一股男子汉的才气、正气、豪气与霸气。和"铁哥们"聚会，他总是悄悄地把"黑子"的酒倒进自己杯里。最后喝得"横"着抬出去，打吊针醒后，又被人搀着"竖"着回来继续喝，惊呆了饭店里的一个个服务员。在"毛泽东思想文艺宣传队"里，他一手策划组织整治工宣队"白酒壶"和军代表"脏参谋"的"夜半歌声"，给受气受辱的哥们姐妹复仇。在证券公司里，他自己不贪，也容不得别人贪，哪怕对方是自己的上司，于是他和老板闹翻了。在充满猜忌和轻蔑的女老板面前，他提出异议，公然耻笑她幼稚荒唐，并炒了老板鱿鱼。

无论是政界、商界还是文学界，阿明都是天马行空的自由人，起码是自由心。有时我想，如果阿明能够稍微圆滑一点、世故一点、识时务一点或是同流合污一点，那么也许他官运亨通，早已是高官政要了。但是，在阿明身上，遗传了谢氏家族的优良品质，更有他那个年代的精神烙印，他是一个完美主义理想主义和英雄主义者。现实一点说，有点不合时宜。他不适应官场规则，便急流勇退，做出令众人不可思议的事，弃官从商。他又看不得商场的种种丑陋，也不允许身边的任何人贪占谋私而被孤立、排挤、诬陷、打击，最后愤然辞职。

唉，一个人，到底拥有什么样的人生才是有意义和有价值的呢。他没有权倾官海、腰缠万贯，但是坚持做人的底线和党性的纯粹；他坚守生命的本真，保持心灵的纯净，他收获了五本个人文集、文学教授的职称和那么多的友谊友情；他经历了工厂、官场、商界，每次都是在人生的顶峰跌落，这给了他丰富的人生体验，他的人生也充满了传奇色彩。可以说，阿明走过的人生，多姿多彩，落英缤纷，一路潇潇洒洒，一路坦坦荡荡。于是，忍不住为阿明喝彩，这才是一个真正的男人，一个男人中的男人。

难能可贵的是，在这个男权社会中，阿明非常懂得尊重女人、爱惜女人、保护女人，这也体现了一个真正男人的修为与禀性。他能用心去读，去品，去写这些女人。从《清明雪》到《落英集》，从写现实中的外婆、母亲、女儿、大娘、小霞、五奶、杏花、那丫、花姑、林文静、加菲猫……到写网络上的独上月楼、慕容诗茵、飞乐、泥儿、寞儿、辛唐米娜、雪轻旋、米奇诺娃、璩姑、梅子……从给女文友写序写跋写文学评论到祝她们生日快乐的博文系列，这众多女性代表，在他笔下都是最美的，她们或真或善或优雅或安静或冰雪聪明，在他的文字中，活色活香，活灵活现，成为阿明文字中的又一大亮点。阿明说："我是一个女权主义者，只有当你深深地记住，深深地读懂，深深地怀念，深深地爱惜她们的时候，才有可能用文字用情智记录她们，真实而生动地表现她们。"他心目中一直视为：女人最美，东方的女人最美，东方的知书达理的女人最美，东方的知书达理且温柔善良的女人最美，东方的知书达理且温柔善良并走过沧桑的女人最美。面对这样的女人，缺点和弱点都可以忽略不计，采集她们的美丽便可以求证人性的光辉。

正因如此，他也赢得了身边许多女性的尊敬、青睐与爱戴。在巢中他的女人缘也就极好，这些女性或称他为老哥为老弟为老大为老爸，甚而大家笑他成为"大众情人"。他的才气、正气、豪气和霸气加上他魁梧健壮的外表和幽默睿智的谈吐，更有细腻柔软的内心，也就造就了独一无二的女人眼中男人中的男人。文友雪轻旋为《检索黑人阿明》做跋的题目代表了我们的心声："这一路有你真快乐。"

然而，在我眼里，最能体现阿明文学成就的当数他的评论性文字。这些文字呈现出另一种色彩，有大气磅礴的气势，有高屋建瓴的姿态，有广纳百川的胸襟，洋洋洒洒，纵横千里，但是又由于他仁慈的本性，这些文字铿锵中显得温厚淳朴，行进中有股自然的韵律，读来不温不火，不疾不徐，像陈年老酒，越喝越醇畅，如国标中的中三，温文尔雅，极有绅士风度。当然，他的这种本性体现在他的情感上，也是纵情中的流连，激情中的缠绵，热情中的温暖。阿明最近写的两篇文章《我这个人》和《大树歌后记》在艺术上更是达到了炉火纯青的地步，尤其是那篇后记，每读一次，泪水就要喷涌一次。今年阿明即将出版《绿本落英集（读你读我——阿明评论集）》，就是近年来他的文学评论总汇，让人期待。

"雀之巢"组建初期，仅仅一年多的时间，阿明便有将近五十万字评述性文字见诸巢中，以其热情、勤勉和深刻的思想内涵、精彩的文学语言，令我等景仰。从"雀之巢"文学社团的定位，对于大散文、平民化、责任感的阐述，到三八妇女节征文比赛，杂文征文比赛，建军节、教师节、春节等征文比赛，每一次征文活动都有他精辟的论述，大多数"雀之巢"文集都由他作序，这些都体现了他的文学理论和文学素养。他不愧为"雀之巢"的精神领袖，然而阿明说，我不是领袖，我是拖泥带水的"裤脚"，我更愿意做平民文学的铺路石。

那个时期，几乎是每一个"巢友"的文章，都被阿明评论过，他的评论文字精准、精炼、精彩、精辟，有的是只言片语的神来之笔，有的是可以成文的随笔小品，堪称散落在巢中文后的一颗颗璀璨夺目的珍珠。这些评论，许多完成于夜深人静的时候，除了白天要忙于政务事务的原因之外，阿明还说，夜阑心最安，特别喜欢和习惯这个时候安安静静地读文评文。很多评论要潜心构思，当文章写，最长的评论有的竟用大半夜的时间才写成。有时，由于电脑突然出现故障，忙活了半天前功尽弃，于是只好从头再来。可见，阿明的评论文字凝聚了他的心血、智慧和素养，是对文友的满腔热忱，是对文学的鞠躬尽瘁。每一个被他评论过的作者是何其有幸呀，而阿明，他理应得到大家的敬重和拥护。

认识阿明七年了，我有幸成为被他多次评论过的女巢友之一，他为我的散文集作过序，题目叫作《梳理长发飘飘的日子》（包括书名的修改和封面的设计，都有他的意见和建议），他为我的生日写过祝福的文字。在人生经历和个性特征上，我正好和他相反。他不惑之年就已经历过政界、商界，而我人到中年了，还单纯得像白纸一样，从学校懵懵懂懂地走进机关。他是个领袖般的人物，无论在人生的哪一段都干得轰轰烈烈，有声有色，走向每一个岗位的主动权都掌握在自己手里。而我甘愿被领导，只想做一个散淡之人，但是冥冥之中总有股力量，容不得我散淡，把我推向文学，再推向政治，我的每一步走得都很被动。阿明的文字和他这个人，都是我景仰的。很多时候我都希望听到他的指导意见。

我们的差距很远，却也合得来。我敬慕他成熟丰富的阅历，尊敬地叫他大哥，他经常称简单幼稚的我为丫头。但因为他内心深处的率性和天真，正好与我天性的单纯简单相契合，于是他说与我聊天的感觉很亲切，像是和邻居小妹说话一样轻松随意。他总是有点高高在上的领导者的语气和霸气，正合我的甘于被领导的依赖性，于是喜欢他的"霸道"并愿意服从。他是无为论者，在人生的每一个景点都不会因为功名利禄而放弃做人的底线，他曾说"自由和尊严对于我远远高于功名利禄"，他常说"我以功利换自由"。而我是个宿命论者，我觉得一个人能当多大的官，赚多少钱，都是命中注定，既然是命中注定，千万不要丢了尊严去刻意去求，应把时间和精力多多放在生活的质量和价值上。殊途同归，信仰不同，但结论相同。这一点，我也是赞同阿明的，心灵的自由和快乐才是最最重要的事情。

阿明说他总是很容易忘记那些不愉快的事。有一次他问我和他之间有不愉快的事情吗？我说有，当年我转行进入机关的时候，他曾极力反对，甚至批评我图慕虚荣……那次聊天不欢而散。听我"算旧账"，阿明立即感到愧疚，说那时只想到自己的人生经历，觉得当老师是最好的职业选择，没有更多考虑我的生存状态和个人感受。其实我也清楚，阿明不希望我转行，是希望我在一个相对简单的环境中永远单纯快乐地生活。

阿明父亲去世后，他花了两年多的时间，远离了自己的职业、爱好和亲朋好友，集中精力替父亲整理书稿《大树歌》。他如此专心致志，以致进入父亲的生命的状态中难以自拔，这极大地影响了他的身体健康，书出来了，他已精疲力尽。为了让父亲的老战友都能看到这本书，并从中看到他们那战火中的青春、岁月，为了追随当年父辈的战斗足迹，切身感受当年"训罢宣誓上沙场，忘死为解万民生"战斗的豪迈慷慨之情，年过半百的阿明大哥带着沉甸甸的大包裹，只身南下。这个暖和的冬天，天空非常作美，连续十几天的晴朗天气，照耀着他从三湘四水到珠江两岸，再到罗湖桥头和皇城跟下；从长沙城里到达冷水江畔，再到达郴州广州。当文友们收到书时，大家感觉到了书本的厚重与温暖，内心激动万分。

在《大树歌》中得知，小时候的阿明随便和哪个小朋友都能玩得来，他喜欢无拘无束地去做自己最喜欢的事情，而且不达目的，誓不罢休。他遗传了父亲的重情重义和坚定执着的信仰。他们父子都有过建功立业的远大抱负。但是当这种理想与现实相冲突相矛盾时，他们一定在深夜都有过孤独、彷徨、寂寞、忧愤，一定在心底都有过陆游、辛弃疾那般苍凉的剑鸣之声。由此想起奥斯特洛夫斯基的两句名言，一句是他年轻时说的"不会因为虚度年华而悔恨，也不会因为碌碌无为而羞愧"，一句是他临终前说的"为何我们所建成的与我们所为之奋斗的世界完全两样"。同样的不解、不平、不忍、不甘，阿明和父亲一样在种种邪恶面前，宁折不弯，义无反顾地选择了理想、尊严和自由。因此，他们的人生悲欢在这红尘滚滚黄沙漫漫的社会背景衬托下，更显人性纯洁的光辉。

读书，读人，再读书——进而读到了这个人的心，包括他心灵深处的难愈之痛和难言之隐，同样让我感动和尊重，于是要把这种阅读继续下去。当然，阿明和他文字的好远不是我稚嫩的笔能描述出的，他的重情重义，他的正直善良，他的君子般磊落胸怀，他的乐于劲人，他的达观风趣，让接触过他的人都感到如惠风般的和畅。这么多年了，很多人和我一样深有同感，这一路走过来，几多充实，几多快乐，真想对阿明说声谢谢，突然想起阿明的真实名字就是谢明，这两个字恰是"谢谢你，阿明"的缩写。正如阿明自己说的，他生来就是为亲朋好友做"裤脚"的。这带着泥水的"裤脚"做得这么真挚，这么用心，又怎一个谢字了得啊！

# 第五辑
## 吾若念起，便是温暖

总觉得

我们这些散在世界各地的灵魂

有着相同的信仰

于时空的无涯里

依托于文字

彼此温暖，彼此欣慰

# 心静月常明

## ——赏析张冬娇散文集《你若安好，吾便心安》

◎刘望春

　　很久以前收到冬娇的书，信手翻了两三篇后，眼睛一亮，就对冬娇说："亲爱的，我要为你的书写篇评论。"说完这话，时光转瞬过了大半年。这大半年的时光里，我每天像陀螺一样高速旋转，但心底总还记得对冬娇说过的话。仿若一日未完稿，便一日欠了他人的情债。

　　有几次端坐电脑旁，题也拟了，头也开了，东边有事，西边叫唤，几个电话打乱了思绪。于是，那篇《爱，让生命如此美丽》的评论夭折了。自昨日起，清理杂物堆积的办公室，直至今早，环视周围，地净台洁，加之窗外阴雨蒙蒙，无人打扰，突然有了看冬娇书的冲动，也因此而彻悟，原来冬娇的书非净不能读，非静不能读。

　　读冬娇的书，有清新之风扑面而来，有温馨宁静弥漫天地之间。

　　那样从容的笔墨，那样典雅的语句，那样深厚的意蕴，不是一般人所能达到的境界。

全书四辑，有童年回忆，有生活感悟。譬如《灶旁读书》《砍路萁》《锄草》《打猪草》等文章对于出生在农村的人们来说是何等熟悉、何等亲切！作者娓娓道来，昨日之事仿若眼前。我在读完"第三辑吾心安处，便是故乡"后，特别想回一趟九峰老家，重做一回砍柴、捞松针、打猪草的小村姑，坐在老妈家的柴火灶旁，一边烧火看书，一边烤红薯、煨猪肝吃。这些文章，且不谈题材选取的技巧，单看作者遣词造句的功夫，就足以令人赞叹。信手拈一篇《锄草》来读："农人的嗅觉是灵敏的，勤劳的本性使得他们迅速从年味里走出来，扛了锄头，散在田野里，从春天盛开的百花里锄到初夏满眼的嫩绿中；从盛夏的凉风里锄到初秋的旷渺中；从深秋的清幽里锄到寒冬的平静中……"一个"散"字何等生动形象，而后三个排比句既有鲜明的季节性，又有诗一般的旋律与色彩，而这篇《锄草》或许还不能代表冬娇作品的最高水平。

这些乡土气息极浓的文字带给读者的不止是亲切温馨，更多的感动来自心灵的愉悦与宁静。俗话说：文如其人。若不是心静如水的女子，笔下哪能流淌出如此清新、幽静的文字？

譬如同样痴迷散文的我，也许在语言功底上并不比冬娇逊色许多。但是，若要从我的文字里读出"静"来，真真不是件容易事。人总是这样，因为自己"不能"，所以才倍加膜拜那些"能人"。也许是我太忙，也许是我和世人一样都太浮躁，所以看了冬娇这本集子，顿生红尘万丈，且行且拂之意。犹如匆匆行走于闹市，突然发现前方一处胜景，鸟鸣山幽，清泉潺潺。于是驻足，于是回首，于是捧水净洗一番，再痛饮几碗，然后继续前行。

记得在毛院时，冬娇长发如瀑，长裙婀娜，仪容端庄，五官精致。与人相处，最喜谈佛论道。当时听说，并未上我心头。因为身边亦有不少信佛之人，然信与行似乎并无多大关联。有些人之所以信，是认为信佛好，菩萨保佑便可逢凶化吉、步步高升甚至财源滚滚。可是，看了冬娇的文集后，突然感到佛学离我好近好亲。《你感谢的是你自己的心》《世间万般，皆有说道》《一笑一尘缘》《至味只在淡，本心唯在清》……这些文章的标题皆是禅意十足。一个笃信佛教的人大抵不会有抑郁、狂躁之类的心理疾病，一个佛学修为甚高的人应是宁静如水，无嗔无怒无悲无喜。突然明白，冬娇为何有那样端庄秀丽的仪容。一个终年沐浴佛光的女子必然身心澄明，一个身心澄明的女子，笔下才会有那样宁静空灵的文字。

能够读到冬娇这本文集的，都是幸运者。譬如此刻的我，在宽敞明亮整洁的办公室里，读着冬娇的美文，不禁深深感慨：生命是如此美丽！生活是如此美好！心若静，心空常净；心若静，心月常明！

# 文暖我心

——读夏日荷散文集《你若安好，吾便心安》有感

◎杨瑞冬

近日，偶得夏日荷老师散文集《你若安好，吾便心安》，欣慰之极，倾心拜读，掩卷静思，感触良多。此书乃修心、养性、为人、处事之佳作。虽未曾谋面，不得相识，但通读其文，感其情，懂其人。豁达、开朗、智慧、贤淑、善良……

## 情感真实

读文赏景，触景生情，情文并茂，心有灵犀一点通。小文可谓章章情深，篇篇意切，恰似一位含情脉脉柔情女子，将美貌与才智展示的淋漓尽致，惟妙惟肖，情感交融，情意深长、楚楚动人。文章不浮不躁、不空不虚，均为一些有血有肉，活灵活现，有目共睹，发生在日常工作、学习、生活中的点滴琐事，通其细心观察、静心思考、用心感悟，形成一首首情感诗文、哲理故事，用心抒发，用情交织，用爱勾勒，汇集成一幅幅幸福感人的雅致画卷，让读者深受同感，颇受启发，倍受

222

感悟。如《码字有感》所悟："把码字当作一种娱乐，不一定解决温饱问题，但不失为一种高雅享受。也有不少人，把码字当作一种修行，用文字的形式，记录灵魂，澄净生命，温暖生命。"又如《简单做人朴实生活》所悟："人生境遇，得之坦然，失之淡然，一切顺其自然。读喜欢读的书，写喜欢写的文字，听喜欢听的音乐，衬尘世光景，一点一滴，流过！"

## 话语真诚

读其小文，赏心悦目，平易近人，推心置腹，都是一些人生经历、阅历中微不足道的小事件、小场景。通其日积月累，漫漫归纳，精辟总结，形成一篇篇言简意赅、精小短益的美文小品。有个人随想，也有处事启思，更有人生感悟。尤其在话语鼓舞与启迪上，纯真、纯朴、纯洁，畅所欲言，直截了当，果断利落，虽是一些平凡的大众话，若读者精心深思，用心领会，定会有种醍醐灌顶、拨云见日、心欢舒畅之感。如《人平不语水平不流》所悟："凡事应先从自身找原因，保持一颗平常心，尽量做到少言多听，少说多做。唯有心修好了，话自然就少了。"又如《哥哥式的老公》所悟："老公这辈子没当过高官，也不会做点生意赚钱，但他活得磊落，活得坦荡，活出了一个人的尊严与价值。而一个人，如能本分勤勉努力踏实地走过一生，不也是人生一种大境界吗？"

## 育人真心

心胸豪迈，坦率性情，虔诚心态，善义之人，是对其最好的评价。正如书名《你若安好，吾便心安》，教育人们正确对待人生、事业和家庭，笑对人生每一天，慎对日常每件事，善对世间每个人，时刻保持一种积极、乐观、向上、明澈的心情、心怀和心胸。人间有冷暖，自有真情在。学会用感恩的心对待身边每件事、每个人……其实世间是美好的，唯看你如何感悟，唯愿大家幸福安好！如《药补不如心补》所悟："我们做子女的，不是非得接父母去城里享福，也不是仅仅让老人吃好穿好，而是不干扰他们，顺应他们内心的需求，然后好好地活，好好地工作，让父母欣慰放心。我想，这才是我们最大的孝心吧！"又如《用感恩的心对待每一位病人》所悟："如果我们每个人，不管在哪个部门工作，都能像医护人员一样，用感恩的心对待工作，对待生活，对待帮助我们的人，也对待需要我们帮助的人，这个世界一定会多一些清静、清明、温暖和平和，我们的心就会越来越慈悲柔软。"

一生颇爱读书，赏其《你若安好，吾便心安》，特别享受，受益匪浅，文暖我心！

朋友，如若有时，不妨一读。

# 夏日荷花香满径

## ——读张冬娇《你若安好，吾便心安》有感

### 风中的云儿

今天继续是寒气袭人，我的内心却是无比温暖的。小荷的书携着几缕雪花飘然而至，带着她的清新质朴的气息。她的这些文章我几乎在博里全部读过，如今捧在手中再读，感觉更美好。窗外小雨淅淅沥沥地下着，偶有雨滴在挡雨板上的轻响，不紧不慢，清脆悦耳，仿佛天籁。此时，守在火炉边，一边喝着热腾腾的茶水，一边读着她清秀美丽的文字，茶香书香萦绕，还有不时从沙发上传来看电视累了正在打盹的男人的鼾声，这一切都让人感到踏实、温暖，如她的文字。

张冬娇，笔名夏日荷，我喜欢叫她小荷。小荷与我，结缘于榕树下雀之巢社团，我们曾经一起在评论团里评文赏字，一起为我们曾经留下无限感动和温暖的"长发女子评论组"写了不少很有感触的文字，她的上一本《长发飘飘的日子》，有许多文字都是关于巢关于评论组的。我们曾经一起走过的岁月，已经凝成心中温暖的潮湿，一经碰触，便会漫延成水，将我

淹没。

　　小荷是极灵性极具慧心的女子，她的文字，随着她的修行，越发地清灵。相由心生，今天的小荷，与以前的小荷比，美丽依旧，不同的是，如今的她眼睛更清亮，目光更清纯，面相更恬淡，心更善，言更柔。你在她的脸上，看不到一点蒙尘的痕迹。她用自己的爱与慈悲心，将心灵洗涤得更纯净，所以，她的文字，就像这润物无声的春雨，让你的心灵慢慢地，慢慢地得到净化。再浮躁的心，也在这些安静的文字里平静下来。

　　书与自然，是小荷的最爱，简单与宁静，是小荷最喜欢的生活。这一点，我们真是惊人的相似。对于同来自农村的我，出现在她文字里的许多场景我都熟悉，她所描绘的生活，我都经历过，甚至有更深的体会，但是我没有小荷的悟性和笔触，我没有她那样的觉悟，所以，从我笔下流出的许多时候是忧伤的音符，而在她笔下流淌的却是让人沉醉的佛音。当我在为某人某物伤感地抒写时，小荷纯净清明的目光已经抵达圣洁的境地。

　　一切皆是缘，一切皆有时。悲欢离合，爱恨生死，都如此。而这简单的几个字，需要多少阅历，经历几多春秋的历练，才能明白。用佛眼看世界，世界便清明，如若心空灰尘满地，到处便是一片污浊。小荷前行的脚步，是轻巧而欢快的，因为她在不断地放弃，她懂得取舍，懂得感恩，懂得用文字涤荡自己的灵魂。小荷的背影，也恰如一朵盛放的夏荷，美丽清幽，婷婷净直，于天地喧闹之间独守着自己的坚持和美丽，她的文字，就像干净而清新的旋律，没有喧闹的伴奏，更没有华丽的景象铺张，几缕若有若无的檀香忽远忽近，几声断断续续的木鱼声似有还无，于最精彩处，突然就静寂无声，然而余音缭绕，意犹未尽。就像在干渴之际，于曲径通幽之中，觅得一池清泉，纳入口中，清凉见底。读她的文字，恰就是此般感觉。

文如其人。没错，小荷和她的文字，就像那幽幽旷谷的百合，清香四溢，沁人心脾，你若有缘读到，是你此生的福报和福缘。所以，我很庆幸，我为自己能拥有这份福缘而高兴，而感动。

你若安好，吾便心安。小荷，这是你送给我的心香，一样，也是我们这些朋友想要赠予你的。有时候，真想扯几缕天边的云彩，为你抹去忽然而至的忧伤。也许并不，这样的忧伤可以有，但不可以常有。还是借一米阳光，为你架一道彩虹，让它亮丽你所有的岁月。从此，快乐的你更快乐，幸福的你更幸福，美丽的你更美丽，慈悲的你，更慈悲，用你如佛如禅的文字，来渡我之魂灵，让我跟着你，也越来越简单纯净，越来越广结善缘，渐近佛界，即便是槛外人，也要是干净清纯美丽的一个。

这肯定是你乐意的，因为你已经这样做了。谢谢两字太轻，无法承载我的感动，唯有让我的文字飘上云端，带给你最真诚的祝福与祈愿：

唯愿你岁月静好，现世安稳，用你安静的文字，为我们打造一座心灵休憩的圣殿！不能同渡，但至少，我们可以跟着你的足迹前行。

如此，足矣！

# 心无尘思便清

## ——读张冬娇的散文集《你若安好，我便心安》

◎李晓明

　　读女性散文最让人感怀的是慈暖的博怀意境及其溪流般细腻的语言，江南女性之文，更甚，缘于多柔水。然我在读湖南作协张冬娇的散文时，除了博怀和细腻，更主要的是读后总有一股挥之不去的薄荷清凉之味，清凉之后的清明，清明之后的淡然，淡然之后的安详。

　　作为一名教师的她，总是能从身边的点滴人事和善平静循规守常地做起，并能从点滴之事随时反思自我，不断在凡尘中抖掉一切尘埃，竭力做一棵"出污泥而不染的青莲"。这与她的笔名——夏日荷，人与名是相辅相成的。

　　《你若安好，我便心安》这本散文集以其禅意十足的韵味分为五部分：一、你若安好，我便心安；二、你若盛开，清风自来；三、吾心安处，便是吾乡；四、你若来了，便是春天；五、吾若念起，便是温暖。一如清风徐徐吹来，又宛若一个参禅悟道之人从容踏实和善心安地行走完了一小段属于自己的旅程。每辑均有"若"字融会其中（第三辑因作

228

者心已安，何须"若"而无若字），这"若"字，并非作者一个个生活的设想，而是来自心灵的真诚呼唤和出入凡尘的不断"拂尘"静心，也是对尘世"真善美"的希冀和期盼，更是在喧嚣的燥热中炼成一颗通透的琥珀。

这是一个极速飞驰的时代，一个竞争激烈的时段，一个物欲挤走心灵的阶段。每个人会被这飞旋的风卷起，来实现属于自己的物欲，渐次让自己成为物质的俘虏。这也是一个考验人们心灵、道德、思想的时代。从前慢，如今快，你得到多少，又失去了多少？这也不是一个用文字温养心灵的年代，可还是有那么多的人仍在执行这一人生的修养，用文字来温暖身体，温养心灵，澄清思绪，扫除杂草。张冬娇便是其一。

"遵循着世间法去工作，去待人接物，认真不较真，用心不上心，自认，和平。事前事后，心中无事。"这便是《风烟俱净》中张冬娇的禅意生活。在人人都在实现自己无法满足的物欲时，还有多少人会"遵循着世间法"扼守认真二字？有多少工作是你愿意做的？然张冬娇的一天便在专注平静的一呼一吸间，倾听时间的滴漏之滴答声中，在感悟乡村的寂与静、安与详中，认真安好走过的。"安好"中倾注着真诚的祈祷，安好中满溢着涓涓的清流。"你"，不仅仅是指一个人，而是包含着天、地、人的三位一体，唯有天地人安好了，吾便心安了！这本就具备着佛一样的胸怀。

"见贤思齐焉，生命就是一个不断修行的过程，但愿能不断拂下心尘，慢慢炼成一枝花。"只要是一个常食人间烟火的俗人，哪会有无尘的世间？生命即修行，修行的路上难免会黏附或多或少的尘埃，这就需自己拂去尘土与泥巴，这一

229

动作，更主要的是不仅拂去身外的，更主要的是内心的。唯有这样，才会让自己的心灵纯洁身体透明在五味杂陈的生活中磨炼而成，就像一枝花，是如此的淡然随和。匆匆的脚步、烦躁的思绪、沸腾的心海，均来自心田尘埃的堆积、荒芜。微笑着春风般生活，和善着阳光般生活，行走着，拂尘着，一路清明，一路阳光。

　　一个村庄，无论大小，地处何处，繁华还是萧条，均是一个个先民在艰苦跋涉的旅途中静心挑选的一个个聚集人脉、汇聚生存理念之地，也是一个敬天敬地之所，每一个村子均有属于自己的生存哲学，均含在简单朴素的一举一动中，简单中蕴含深奥，朴素中暗含深刻。我西北无论哪一个村子均会有那么几句代代相传的口头禅："风是雨的头""不识字，猪狗不如""只要人勤，地不亏人"……湖南，这一我国伟人毛泽东诞生之地，同样也不缺一个个村子里朴素简单的生活口头禅，一如《村里朴素的哲学》中"不做哪有吃、多做好事，多积德，少造孽、生子养娘，作田还粮。"从此三句口语中，即可看出生活的态度，处世的方式，人性的培养三个方面告诉人们，如何走好自己的一段行程，一如一棵静默生长的村树，一朵淡然绽放的野花。生活就是一个不断回味、反复总结的过程，一如夜间卧在牛棚中，反复回味的牛。我们在如今信息拥挤的今天，我们能随意更换所需的物质，但不能随意丢掉我们骨子里那一句句最为朴素简单的生存口头禅，那里蕴含着不知多少代人的心血与智慧的结晶。张冬娇就是这样一个细心的生活者，她总是能从常人们最为不起眼的地方展开思维、道德、心灵栖息的港湾。

记得曾有位把自己妈妈称作"妖精"的女性，读完甚是感动和惊讶。时隔不长，又读到《哥哥式的老公》时，我更是惊诧一个湖南女性的调皮，一如顿感湖南辣子般的温度。有哥哥式的老公，那就有姐姐式的老婆。不看内容，仅看题目，就会满溢着一个和谐温润安详诗意的家庭温暖。家，由两个陌生人牵手而成，这其中本就蕴含着不断的磨合、沟通、交流、尊重、担待、包容、扶持，一起慢慢地成长，在时间的河流中渐成一对光滑温润透明不舍的鹅卵石。当老公成为自己的哥哥（兄弟），老婆成为自己的姐姐（妹妹）时，哪个家庭不是一个和谐温暖的港湾？这一亲人的温存，是否已远远地超出了当初两个陌生人的牵手？一个个和谐安详的小家，便组成一个强盛的大家，这就是我国华夏文明之国一直追求的梦想，也是当今社会大梦中的一个"梦想"。我们均在追逐属于自己的梦想，放飞自己的梦想，那我们把自己的家庭是否组建成一个个温馨的梦想呢？张冬娇这一主题的揭示，我感到这就是我们每一个国人首要实现的"中国梦"。我国古人早就提出治家格言——"家和万事兴"了。家，就是一个参禅之地；家，就是一所精神的寺院。

　　散文集最后一辑《吾若念起，便是温暖》是收集了一些读者对其散文的感悟随想，也是对其散文整体意境的身临。之所以将其纳入文集，我想，这是张冬娇在感恩之心中，将感恩的心，禅意的灵一如湖水中被石子激起的涟漪，一圈圈荡开，延伸到远至不能再远的辽阔，使整个湖水满溢幽美安详的禅意。

　　闭目静思，禅在何处？心无尘，思便静。

# 后记

## 安若睡莲，净如冷泉

◎黑人阿明

感谢冬儿的信任和宽恕，让做事经常"半途而废"的黑人终于可以把这件事情做得有头有尾。"头"是曾经为她的文集《长发飘飘的日子》作序，"尾"是又要给她的新书《你若安好，吾便心安》写跋。

在黑人没有拜读这本新书的时候，近来常在网络一端恭听冬儿言说儒释道，而后不无担忧，曾经好心"劝告"过正在仕途上的她，切莫因为看破红尘而隐遁"青灯黄卷"；在黑人没有悉读这本新书的时候，也曾对冬儿说过，似乎更喜欢她过去的文字，清新而自然，充满了乡土气息和女人味道；而今，在黑人把这本新书反复研读的时候，笔下的"后记"便应当是检讨——黑人错也，错读冬儿错看佛。其实，修行未必出世，禅理亦可美文。恰如南怀瑾所言：在生活中修行，在修行中生活。也如冬儿所言：且行，且拂尘……写了些文字，只为灵魂的沉淀，为心的淡定平和。

何谓哲学？窃以为人生；何谓人生？窃以为取舍；何谓正确取舍？窃以为向善、向上。好长时间没与冬儿网上聊天了，视频里再见她时，岂止言谈话语，就是眉目之间也显而易见这

232

样的慈善与恬淡，神态安逸，谈吐安然。于是更加认识到黑人的错误。特别是在物欲横流、人心浮躁的今天，一个"安"字，胜过千金万户。

如果说以往的冬儿及其文字犹显"小荷才露尖尖角"之清纯，而后又极尽"映日荷花别样红"之绚烂，那么现在，无论她的书中和还是脸上，则铺满了温柔静谧的月光，更像是一朵洁白如玉的睡莲，比盛开的红荷更具神韵。恰如陆龟蒙诗云："素花多蒙别艳欺，此花端合在瑶池。无情有恨何人见？月晓风清欲堕时。"荷与莲，红与白，或许正是冬儿的春秋人生。由荷而莲，正是《长发飘飘的日子》与《你若安好，吾便心安》两部文集的同异所在。特别是读罢新书中的《你若安好，吾便心安》《你若盛开，清风自来》等单元，更觉得露润莲心，暗香浮动，好一本劝学劝诫的知性散文，好一个向善向美的智慧女人！

黑人以为，这不仅仅是文学风格的改变，而是精神境界的提高，是生命品质的升华，也是审美价值的彰显。曹丁老师曾说过：我最喜欢两种人，一种是有情趣的人，一种是有信仰的人，如果既有情趣，又有信仰，那就是让我最最喜欢的人了。冬儿手中的《长发飘飘的日子》和《你若安好，吾便心安》足以印证作者的情趣和信仰。如果说冬儿上一本文集的关键词是"飘动"的话，那么，这一本文集的主题词则是"安静"，这一动一静便是冬儿的心路修行——剪去"长发飘飘"三千烦恼丝，留下"安心""安好"。努力使自己的身心在浮躁嘈杂的世界中安静下来，解脱出来，清爽开来，美丽起来，这，就是冬儿的信仰。

于是想到如是命题：佛学——哲学——文学——美学。如果说佛学是哲学之果、文学是美学之花、佛学和文学都生长在"人学"之树上的话，那么，一部优秀的文学作品，定会反映或折射出深刻的人生哲学和生动的人文美学。冬儿的新作《你若安好，吾便心安》便是将佛理、哲思、文品、美德熔于一炉的美轮美奂的"金菩提"，无论是《我心已闲》《相伴，安好》《一笑一尘缘》《一念一清静》中的人生感悟，还是《一生一次》《你的目光》《村前的坟》《河边的老樟树》中的人生故事，都用生活的实例来阐述佛学的哲理，深刻而不失生动，高洁而不失亲切。每一番感悟都充盈着善心和知性，每一个故事都充满了真情和美感。原来这菩提树下开遍了鲜美芳香的生命之花。

说到人生哲学和人文美学，特别是说到冬儿其人其文由"荷"而"莲"的先后变化，黑人还莫名其妙地想到了这样四组人物以及冬儿的选择：晴雯和妙玉、格萨尔王和仓央嘉措、辛弃疾和苏东坡、苏曼殊和李叔同。

一部红楼，百媚千娇。其中，黑人最为喜欢的女孩有两个：一个是敢爱敢恨的"俏丫鬟"晴雯，一个是无欲无求的"槛外人"妙玉。虽说她们都是花容月貌的美女，也都是贾宝玉的红颜知己，若问"由荷而莲"的冬儿，想必她会偏爱后者——因为"霁月难逢，彩云易散"之晴雯，因为"不僧不俗""非男非女"之妙玉；因为"撕扇子""摔箱子"的晴雯过于争强好胜，因为"识大道""知本源"的妙玉始终气定神闲。当然，更因为如今的冬儿也似妙玉一般成为"槛外人"，与那热热闹闹的名利场和花花绿绿的"大观园"渐行渐远，"不像以前那样爱生气了""不像以前那样好争执了""不像以前那样总抱怨了"。

眼前美好的风景越来越多，胸中包容的天地越来越大。这才得以做到，神安如睡莲，心净似冷泉。

一望雪域，万水千山。其中，黑人最为欣赏的佛王有两位：浴血征战的格萨尔王和藐视王位的仓央嘉措。一部《格萨尔王传》便是降妖伏魔、除暴安良、南征北战、浴血厮杀的英雄史册，一本《央仓嘉措诗集》表达了作者不屑王位、不避世俗、向往自由、热爱生活的大美感情和非凡智慧。尽管他们都是佛门至尊，若问"由荷而莲"的冬儿，想必她会偏爱后者，因为前者的王冠上散发着血腥之气，因为后者的王座下缭绕着清莲之香，更因为如今的冬儿笃信"一个人悟道有三阶段：勘破、放下、自在。一个人必须要放下，才能得到自在"（央仓嘉措语）。

一代宋词，婉约豪放。其中，黑人最为敬仰的豪放派领袖是"金戈铁马"之辛弃疾，是"大江东去"之苏东坡，虽说他们都是"人中之龙，词中之虎"（相形之下，黑人似乎更看重文武双全，忠勇兼备，"上马击狂胡，下马草军书"的辛弃疾），若问"由荷而莲"的冬儿，想必她会偏爱后者，那就是在中国历史上真正将"儒释道"融为一体，由高官变为"高僧"，由词仙化作神仙的东坡居士。同为流放者，同在长江边，辛弃疾的《永遇乐·京口怀古》与苏东坡的《念奴娇·赤壁怀古》其风格和境界均有所不同，前者沉郁苍凉，后者旷达洒脱。如今已有禅心慧觉的冬儿，在建功立业与轻名淡利之间的选择，在"凭谁问：廉颇老矣，尚能饭否"与"人生如梦，一樽还酹江月"当中的扬弃，不言自明。

一门文僧，大觉大慧。其中，黑人最为钦佩的是情僧、诗僧、革命僧苏曼殊，是文僧、艺僧、苦行僧李叔同，每到杭州，必去孤山和虎跑，就是为谒拜这二位中国近代史上的文人、奇人、出家人。尽管二位才子高僧的身后均有众多红尘粉丝，若问"由荷而莲"的冬儿，想必她会偏爱后者。因为前者是"行迹放浪于形骸之外，意志沉湎于情欲之间"（南怀瑾语）的性情中人；因为后者是"以教印心，以律严身，内外清净，菩提之因"（太虚大师语）的佛教宗师，更因为如今冬儿的人生观的确有别于苏曼殊"一切有情，都无挂碍"（遗言）之随性，而更接近于李叔同"不迎送请""悲欣交集"（绝笔）之淡定。

再次感谢冬儿，促使黑人在写跋的同时学禅，学着学着人也渐渐沉静下来，心也渐渐空旷起来，或许这就是一种佛缘吧，善缘。恰如冬儿所悟：凡事皆有定数，落字也是因缘。随着年龄和阅历的增长，黑人渐渐相信：人生所有的际遇都是唯一且唯美的宿命，认识冬儿及其文字就是这样一种人生的必然，不是我找到了它，而是它在前面等候并引领我。这本《你若安好，吾便心安》便是作者与读者之间的心灵之契，心灵之约、心灵之窗、心灵之桥。日前的通话中，冬儿似乎有些担心，书中的观点能否为大众所接受？而黑人的观点是，这本书只有到了有缘之人的手里，才是它的福报和归宿。

除了内容的变化，冬儿好像也在尝试一种新的写作方式和方法，这本《你若安好，吾便心安》仅仅是个开始，因此，书中既有"新枝"也有"老树"，仿佛一个园子里的两片果林，稍有驳杂之感。另外，最后一个单元的"文学评论"也不该是这个果园里的树木。不过，黑人完全相信，这是一个生命力极其旺盛和功德无量的"文学树种"，方向对了，土地有了，那就只管前行和耕耘好了，想必冬儿的下一本文集定会"中无杂

236

树，芳草鲜美，落英缤纷，渔人甚异之"。为此，我们期待着——读者甚异之。

西湖之西是灵隐，灵隐之左有冷泉。白居易曾作《冷泉亭记》："就郡言，灵隐寺为尤。由寺观，冷泉亭为甲。"理由之一便是："若俗士，若道人，眼耳之尘，心舌之垢，不待盥涤，见辄除去。"也就是说，无论老百姓，还是出家人，凡是看到听到邪恶门道的，凡是想到念到肮脏欲望的，不必用清水洗涤，一见这冷泉就能除去尘垢。如此说来，冷泉亭亦可谓净心亭。而冬儿这本《你若安好，吾便心安》恰似冷泉之水，净心之风，"其泉渟渟，风泠泠，可以蠲烦析酲，起人心情。"果然是一本洗心涤尘、唤人醒酒的好书！

飞来峰下的冷泉亭还有一副董其昌的楹联："泉自几时冷起，峰从何处飞来。"借用这副禅味十足的楹联，稍微修改，权作后记之后：心自冷泉浣起，莲从灵隐醒来。